花边文学

鲁迅 著

人民文学出版社

图书在版编目（CIP）数据

花边文学／鲁迅著. —2 版. —北京：人民文学出版社，2022
ISBN 978-7-02-015277-3

Ⅰ.①花… Ⅱ.①鲁… Ⅲ.①鲁迅杂文—杂文集 Ⅳ.①I210.4

中国版本图书馆 CIP 数据核字（2019）第 096585 号

责任编辑　刘　伟
装帧设计　陶　雷
责任印制　任　祎

出版发行　人民文学出版社
社　　址　北京市朝内大街 166 号
邮政编码　100705

印　　刷　三河市宏盛印务有限公司
经　　销　全国新华书店等

字　　数　127 千字
开　　本　880 毫米×1230 毫米　1/32
印　　张　7.75　插页 2
版　　次　1980 年 9 月北京第 1 版
　　　　　2006 年 12 月北京第 2 版
印　　次　2022 年 1 月第 1 次印刷

书　　号　978-7-02-015277-3
定　　价　26.00 元

如有印装质量问题，请与本社图书销售中心调换。电话：010-65233595

本书收作者 1934 年 1 月至 11 月间所作杂文六十一篇,1936 年 6 月由上海联华书局出版。同年 8 月再版。作者生前共印行二版次。

目　　录

序言 …………………………………………………………… 1

一九三四年

未来的光荣 …………………………………………………… 7
女人未必多说谎 ……………………………………………… 10
批评家的批评家 ……………………………………………… 13
漫骂 …………………………………………………………… 15
"京派"与"海派" …………………………………………… 17
北人与南人 …………………………………………………… 20
《如此广州》读后感 ………………………………………… 24
过年 …………………………………………………………… 27
运命 …………………………………………………………… 29
大小骗 ………………………………………………………… 32
"小童挡驾" ………………………………………………… 34
古人并不纯厚 ………………………………………………… 37
法会和歌剧 …………………………………………………… 41
洋服的没落 …………………………………………………… 44
朋友 …………………………………………………………… 47
清明时节 ……………………………………………………… 49

1

小品文的生机 …………………………………………… 54
刀"式"辩 ………………………………………………… 57
化名新法 ………………………………………………… 59
读几本书 ………………………………………………… 62
一思而行 ………………………………………………… 66
推己及人 ………………………………………………… 69
偶感 ……………………………………………………… 72
论秦理斋夫人事 ………………………………………… 75
"……""□□□□"论补 ………………………………… 78
谁在没落？ ……………………………………………… 81
倒提 ……………………………………………………… 84
　　【附录】:论"花边文学"(林默) ……………………… 85
玩具 ……………………………………………………… 90
零食 ……………………………………………………… 92
"此生或彼生" …………………………………………… 95
正是时候 ………………………………………………… 97
论重译 …………………………………………………… 100
再论重译 ………………………………………………… 103
"彻底"的底子 …………………………………………… 106
知了世界 ………………………………………………… 108
算账 ……………………………………………………… 111
水性 ……………………………………………………… 114
玩笑只当它玩笑(上) …………………………………… 116
　　【附录】:文公直给康伯度的信 ……………………… 118

【同上】：康伯度答文公直 ·················· 119
玩笑只当它玩笑(下) ·················· 123
做文章 ·················· 126
看书琐记 ·················· 129
看书琐记(二) ·················· 132
趋时和复古 ·················· 134
安贫乐道法 ·················· 138
奇怪 ·················· 141
奇怪(二) ·················· 144
迎神和咬人 ·················· 146
看书琐记(三) ·················· 149
"大雪纷飞" ·················· 151
汉字和拉丁化 ·················· 154
"莎士比亚" ·················· 158
商贾的批评 ·················· 161
中秋二愿 ·················· 164
考场三丑 ·················· 168
又是"莎士比亚" ·················· 170
点句的难 ·················· 173
奇怪(三) ·················· 176
略论梅兰芳及其他(上) ·················· 180
略论梅兰芳及其他(下) ·················· 183
骂杀与捧杀 ·················· 186
读书忌 ·················· 189

序　　言

　　我的常常写些短评,确是从投稿于《申报》的《自由谈》[1]上开头的;集一九三三年之所作,就有了《伪自由书》和《准风月谈》两本。后来编辑者黎烈文[2]先生真被挤轧得苦,到第二年,终于被挤出了,我本也可以就此搁笔,但为了赌气,却还是改些作法,换些笔名,托人抄写了去投稿,新任者[3]不能细辨,依然常常登了出来。一面又扩大了范围,给《中华日报》的副刊《动向》[4],小品文半月刊《太白》[5]之类,也间或写几篇同样的文字。聚起一九三四年所写的这些东西来,就是这一本《花边文学》。

　　这一个名称,是和我在同一营垒里的青年战友[6],换掉姓名挂在暗箭上射给我的。那立意非常巧妙:一,因为这类短评,在报上登出来的时候往往围绕一圈花边以示重要,使我的战友看得头疼;二,因为"花边"[7]也是银元的别名,以见我的这些文章是为了稿费,其实并无足取。至于我们的意见不同之处,是我以为我们无须希望外国人待我们比鸡鸭优,他却以为应该待我们比鸡鸭优,我在替西洋人辩护,所以是"买办"。那文章就附在《倒提》之下,这里不必多说。此外,倒也并无什么可记之事。只为了一篇《玩笑只当它玩笑》,又曾引出过一封文公直[8]先生的来信,笔伐的更严重了,说我是"汉奸",

1

花边文学

现在和我的复信都附在本文的下面。其余的一些鬼鬼祟祟，躲躲闪闪的攻击，离上举的两位还差得很远，这里都不转载了。

"花边文学"可也真不行。一九三四年不同一九三五年，今年是为了《闲话皇帝》事件[9]，官家的书报检查处[10]忽然不知所往，还革掉七位检查官，日报上被删之处，也好像可以留着空白（术语谓之"开天窗"）了。但那时可真厉害，这么说不可以，那么说又不成功，而且删掉的地方，还不许留下空隙，要接起来，使作者自己来负吞吞吐吐，不知所云的责任。在这种明诛暗杀之下，能够苟延残喘，和读者相见的，那么，非奴隶文章是什么呢？

我曾经和几个朋友闲谈。一个朋友说：现在的文章，是不会有骨气的了，譬如向一种日报上的副刊去投稿罢，副刊编辑先抽去几根骨头，总编辑又抽去几根骨头，检查官又抽去几根骨头，剩下来还有什么呢？我说：我是自己先抽去了几根骨头的，否则，连"剩下来"的也不剩。所以，那时发表出来的文字，有被抽四次的可能，——现在有些人不在拚命表彰文天祥方孝孺[11]么，幸而他们是宋明人，如果活在现在，他们的言行是谁也无从知道的。

因此除了官准的有骨气的文章之外，读者也只能看看没有骨气的文章。我生于清朝，原是奴隶出身，不同二十五岁以内的青年，一生下来就是中华民国的主子，然而他们不经世故，偶尔"忘其所以"也就大碰其钉子。我的投稿，目的是在发表的，当然不给它见得有骨气，所以被"花边"所装饰者，大约也确比青年作家的作品多,而且奇怪,被删掉的地方倒很少。一年之中,只有三篇,现在补全,仍用黑点为记。我看《论秦理斋夫人事》的末尾,是申报馆的总编辑删的,别的两篇,却是检查官删的:这里都显着他们不同的心思。

今年一年中,我所投稿的《自由谈》和《动向》,都停刊了;《太白》也不出了。我曾经想过:凡是我寄文稿的,只寄开初的一两期还不妨,假使接连不断,它就总归活不久。于是从今年起,我就不大做这样的短文,因为对于同人,是回避他背后的闷棍,对于自己,是不愿做开路的呆子,对于刊物,是希望它尽可能的长生。所以有人要我投稿,我特别敷延推宕,非"摆架子"也,是带些好意——然而有时也是恶意——的"世故":这是要请索稿者原谅的。

一直到了今年下半年,这才看见了新闻记者的"保护正当舆论"的请愿和智识阶级的言论自由的要求[12]。要过年了,我不知道结果怎么样。然而,即使从此文章都成了民众的喉舌,那代价也可谓大极了:是北五省的自治[13]。这恰如先前的不敢恳请"保护正当舆论"和要求言论自由的代价之大一样:是东三省的沦亡。不过这一次,换来的东西是光明的。然而,倘使万一不幸,后来又复换回了我做"花边文学"一样的时代,大家试来猜一猜那代价该是什么罢……

一九三五年十二月二十九之夜,鲁迅记。

※　　※　　※

〔1〕《申报》的《自由谈》 《申报》,旧中国出版时间最久的日

报。1872年4月30日(清同治十一年三月二十三日)由英商在上海创办,1909年为买办席裕福所收买,1912年转让给史量才,次年由史接办。九一八事变以后,曾反映民众抗日要求。1934年11月史量才遭国民党暗杀后,该报重趋保守。1949年5月26日上海解放时停刊。《自由谈》是该报副刊之一,始办于1911年8月24日,原以刊载鸳鸯蝴蝶派作品为主,1932年12月起,一度革新内容,常刊载进步作家写的杂文、短评。1935年10月31日后,《自由谈》一度停刊。

〔2〕 黎烈文(1904—1972) 湖南湘潭人,翻译家。1932年12月起任《申报·自由谈》编辑,1934年5月去职。

〔3〕 新任者 指继黎烈文后主编《申报·自由谈》的张梓生(1892—1967),浙江绍兴人,与鲁迅相识。

〔4〕 《中华日报》 国民党汪精卫改组派办的报纸,1932年4月11日在上海创刊。《动向》,该报副刊之一,1934年4月11日始办,聂绀弩主编,常发表一些进步作家的作品,同年12月18日停刊。

〔5〕 《太白》 小品文半月刊,陈望道编辑,上海生活书店发行。1934年9月20日创刊,1935年9月5日停刊。

〔6〕 青年战友 指廖沫沙(1907—1990),湖南长沙人,左翼作家联盟成员。曾以林默等笔名写文章。参看本书《倒提》一文的附录。

〔7〕 "花边" 旧时银元边缘铸有花纹,因此有"花边"的俗称。

〔8〕 文公直(1898—?) 江西萍乡人,当时是国民党政府立法院编译处股长。后从事武侠小说写作。

〔9〕 《闲话皇帝》事件 1935年5月,上海《新生》周刊第二卷第十五期发表易水(艾寒松)的《闲话皇帝》一文,泛论古今中外的君主制度,涉及日本天皇,当时日本驻上海总领事即以"侮辱天皇,妨害邦交"为名提出抗议。国民党政府屈从压力,并趁机压制进步舆论,将《新

生》周刊查封,由法院判决该刊主编杜重远一年二个月徒刑。这件事也被称为《新生》事件。

〔10〕 书报检查处　即"国民党中央宣传委员会图书杂志审查委员会",1934年6月6日在上海设立。《新生》事件发生后,国民党以"失责"为由,于1935年7月8日将该会检查官项德言(中宣会文艺科总干事)等七人撤职。

〔11〕 文天祥(1236—1283)　吉州吉水(今属江西)人,南宋大臣。官至右丞相兼枢密使。他在南方坚持抗元斗争,兵败被俘,坚贞不屈,后被杀。方孝孺(1357—1402),浙江宁海人,明惠帝建文时任侍讲学士。建文四年(1402),惠帝的叔父燕王朱棣起兵攻入南京,自立为帝,命方孝孺起草即位诏书,他坚决不从,遂遭杀害,被夷十族(他的学生也被算作一族)。

〔12〕 新闻记者的"保护正当舆论"的请愿　1935年底,北平、天津、南京、上海等地新闻界纷纷致电国民党中央,要求"开放舆论","凡不以武力或暴力为背景之言论,政府必当予以保障";同年12月,国民党五届一中全会通过所谓"请政府通令全国切实保障正当舆论"的决议。智识阶级的言论自由的要求,指1935年底,北平、上海等地文化教育界人士为开展抗日救国运动,纷纷举行集会,发表宣言,提出"保障集会、结社、言论、出版的绝对自由"的要求。

〔13〕 北五省的自治　1935年11月,日本帝国主义为达到并吞我国华北的目的,策动汉奸殷汝耕(国民党冀东行政督察专员)等进行所谓"华北五省自治运动",并于25日在通县成立"冀东防共自治委员会",宣布脱离国民政府。北五省指当时的河北、山东、山西、察哈尔(省会张家口)、绥远(省会归绥,即今呼和浩特)。

一九三四年

未来的光荣[1]

张承禄

现在几乎每年总有外国的文学家到中国来,一到中国,总惹出一点小乱子。前有萧伯纳[2],后有德哥派拉[3];只有伐扬古久列[4],大家不愿提,或者不能提。

德哥派拉不谈政治,本以为可以跳在是非圈外的了,不料因为恭维了食与色,又挣得"外国文氓"[5]的恶谥,让我们的论客,在这里议论纷纷。他大约就要做小说去了。

鼻子生得平而小,没有欧洲人那么高峻,那是没有法子的,然而倘使我们身边有几角钱,却一样的可以看电影。侦探片子演厌了,爱情片子烂熟了,战争片子看腻了,滑稽片子无聊了,于是乎有《人猿泰山》,有《兽林怪人》,有《斐洲探险》等等,要野兽和野蛮登场。然而在蛮地中,也还一定要穿插一点蛮婆子的蛮曲线。如果我们也还爱看,那就可见无论怎样奚落,也还是有些恋恋不舍的了,"性"之于市侩,是很要紧的。

文学在西欧,其碰壁和电影也并不两样;有些所谓文学家也者,也得找寻些奇特的(grotesque),色情的(erotic)东西,去

花 边 文 学

给他们的主顾满足,因此就有探险式的旅行,目的倒并不在地主的打拱或请酒。然而倘遇呆问,则以笑话了之,他其实也知道不了这些,他也不必知道。德哥派拉不过是这些人们中的一人。

但中国人,在这类文学家的作品里,是要和各种所谓"土人"一同登场的,只要看报上所载的德哥派拉先生的路由单就知道——中国,南洋,南美。英,德之类太平常了。我们要觉悟着被描写,还要觉悟着被描写的光荣还要多起来,还要觉悟着将来会有人以有这样的事为有趣。

一月八日。

* * *

〔1〕 本篇最初发表于1934年1月11日上海《申报·自由谈》。

〔2〕 萧伯纳(G. B. Shaw,1856—1950) 英国剧作家、批评家,生于爱尔兰的都柏林。1933年2月来中国旅行时,新闻界颇多报道和评论,有人曾攻击他"宣传共产"。

〔3〕 德哥派拉(M. Dekobra,1885—1973) 法国小说家、记者。1933年11月来中国旅行。鲁迅在1933年12月28日致王志之信中说:德哥派拉"盖法国礼拜六派,油头滑脑,其到中国来,大概确是搜集小说材料。"

〔4〕 伐扬古久列(P. Vaillant-Couturier,1892—1937) 通译伐扬—古久里,法国作家、社会活动家。曾任法共中央委员、法共中央机关报《人道报》主笔。1933年9月,他曾来上海出席世界反对帝国主义战争委员会召开的远东会议。

〔5〕 "外国文氓" 德哥派拉于1933年11月29日在上海参加

8

中法文艺界、报界茶话会时,中国新闻记者曾问他"对日本侵略中国之感想如何",他回答说:"此问题过于严重,非小说家所可谈到。"又请他谈"对中国之感想",他回答说:"来华后最使我注意的,(一)是中国菜很好,(二)是中国女子很美。"后来他从南京到北平,一路受国民党政府官员以及文人们的迎送,都是以这类话应付。当时曾有人在报上发表谈话说:"德氏来平,并未谈及文学,仅讥笑中国女子,中国女子认为德氏系一文氓而已。"(见1933年12月11日《申报·北平特讯》)

女人未必多说谎[1]

赵令仪

侍桁[2]先生在《谈说谎》里,以为说谎的原因之一是由于弱,那举证的事实,是:"因此为什么女人讲谎话要比男人来得多。"

那并不一定是谎话,可是也不一定是事实。我们确也常常从男人们的嘴里,听说是女人讲谎话要比男人多,不过却也并无实证,也没有统计。叔本华[3]先生痛骂女人,他死后,从他的书籍里发见了医梅毒的药方;还有一位奥国的青年学者[4],我忘记了他的姓氏,做了一大本书,说女人和谎话是分不开的,然而他后来自杀了。我恐怕他自己正有神经病。

我想,与其说"女人讲谎话要比男人来得多",不如说"女人被人指为'讲谎话要比男人来得多'的时候来得多",但是,数目字的统计自然也没有。

譬如罢,关于杨妃[5],禄山之乱以后的文人就都撒着大谎,玄宗逍遥事外,倒说是许多坏事情都由她,敢说"不闻夏殷衰,中自诛褒妲"[6]的有几个。就是妲己,褒姒,也还不是一样的事?女人的替自己和男人伏罪,真是太长远了。

今年是"妇女国货年"[7],振兴国货,也从妇女始。不久,是就要挨骂的,因为国货也未必因此有起色,然而一提倡,一责骂，男人们的责任也尽了。

记得某男士有为某女士鸣不平的诗道："君王城上竖降旗，妾在深宫那得知？二十万人齐解甲，更无一个是男儿！"[8]快哉快哉！

一月八日。

*　　*　　*

〔1〕 本篇最初发表于1934年1月12日《申报·自由谈》。

〔2〕 侍桁　即韩侍桁（1908—1987），天津人。曾参加"左联"，后转向"第三种人"。他的《谈说谎》一文发表于1934年1月8日《申报·自由谈》，其中说："不管为自己的地位的坚固而说谎也吧，或为了拯救旁人的困难而说谎也吧，都是含着有弱者的欲望与现实的不合的原因在。虽是一个弱者，他也会想如果能这样，那就多么好，可是一信嘴说出来，那就成了大谎了。但也有非说谎便不能越过某种难关的场合，而这场合也是弱者遇到的时候较多，大概也就是因此为什么女人讲谎话要比男人来得多。"

〔3〕 叔本华（A. Schopenhauer, 1788—1860）　德国哲学家，唯意志论者。他一生反对妇女解放，在所著的《妇女论》中诬蔑妇女虚伪、愚昧、无是非之心。

〔4〕 一位奥国的青年学者　指华宁该尔（O. Weininger, 1880—1903），奥地利人，仇视女性主义者。他在1903年出版的《性和性格》一书中，说女性"能说谎"，"往往是虚伪的"，并力图证明妇女的地位应该低于男子。

〔5〕 杨妃　即唐玄宗的妃子杨玉环（719—756），蒲州永乐（今山西永济）人。她的堂兄杨国忠因她得宠而骄奢跋扈，败坏朝政。天宝

十四年(755),安禄山以诛国忠为名在范阳起兵反唐,进逼长安,唐玄宗仓皇南逃四川,至马嵬驿,将士归罪杨家,杀国忠,唐玄宗为安定军心,令杨妃缢死。

〔6〕 "不闻夏殷衰,中自诛褒妲" 语出唐代杜甫《北征》诗。旧史传说夏桀宠幸妃子妹喜,殷纣宠幸妃子妲己,周幽王宠幸妃子褒姒,招致了三朝的灭亡。杜甫在此处合用了这些传说。

〔7〕 "妇女国货年" 1933年12月上海市商会等团体邀各界开会,决定1934年为"妇女国货年",要求妇女增强"爱国救国之观念",购买国货。

〔8〕 "君王城上竖降旗"一诗,相传是五代后蜀主孟昶的妃子花蕊夫人所作。北宋陈师道《后山诗话》说:"费氏,蜀之青城人。以才色入蜀宫,后主嬖之,号花蕊夫人,效王建作《宫词》百首。国亡,入备后宫,太祖闻之,召使陈诗,诵其《国亡诗》云:'君王城上竖降旗,妾在深宫那得知?十四万人齐解甲,更无一个是男儿。'太祖悦,盖蜀兵十四万,而王师数万尔。"又据后何光远《鉴戒录》卷五载,前蜀后主王衍亡于后唐时,有后唐兴圣太子随军王承旨曾作过一首诗,嘲讽因耽于酒色嬉戏而亡国的王衍:"蜀朝昏主出降时,衔璧牵羊倒系旗,二十万军齐拱手,更无一个是男儿。"

批评家的批评家[1]

倪朔尔

情势也转变得真快,去年以前,是批评家和非批评家都批评文学,自然,不满的居多,但说好的也有。去年以来,却变了文学家和非文学家都翻了一个身,转过来来批评批评家了。

这一回可是不大有人说好,最彻底的是不承认近来有真的批评家。即使承认,也大大的笑他们胡涂。为什么呢?因为他们往往用一个一定的圈子向作品上面套[2],合就好,不合就坏。

但是,我们曾经在文艺批评史上见过没有一定圈子的批评家吗?都有的,或者是美的圈,或者是真实的圈,或者是前进的圈。没有一定的圈子的批评家,那才是怪汉子呢。办杂志可以号称没有一定的圈子,而其实这正是圈子,是便于遮眼的变戏法的手巾。譬如一个编辑者是唯美主义者罢,他尽可以自说并无定见,单在书籍评论上,就足够玩把戏。倘是一种所谓"为艺术的艺术"的作品,合于自己的私意的,他就选登一篇赞成这种主义的批评,或读后感,捧着它上天;要不然,就用一篇假急进的好像非常革命的批评家的文章,捺它到地里去。读者这就被迷了眼。但在个人,如果还有一点记性,却不能这么两端的,他须有一定的圈子。我们不能责备他有圈子,我们只能批评他这圈子对不对。

然而批评家的批评家会引出张献忠考秀才的古典来：先在两柱之间横系一条绳子，叫应考的走过去，太高的杀，太矮的也杀，于是杀光了蜀中的英才。[3]这么一比，有定见的批评家即等于张献忠，真可以使读者发生满心的憎恨。但是，评文的圈，就是量人的绳吗？论文的合不合，就是量人的长短吗？引出这例子来的，是诬陷，更不是什么批评。

一月十七日。

* * *

〔1〕 本篇最初发表于1934年1月21日《申报·自由谈》。

〔2〕 用一个一定的圈子向作品上面套等论调，曾见于当时《现代》月刊所载的文章。如第四卷第三期（1934年1月）载刘莹姿《我所希望于新文坛上之批评家者》一文，说批评家"拿一套外国或本国的时髦圈子来套量作品的高低大小"，"这是充分地表明了我国新文坛尚无真挚伟大的批评家"。又第四卷第一期（1933年11月）载苏汶《新的公式主义》一文中说："友人张天翼君在他的短篇集《蜜蜂》的'自题'里，对于近来的一些批评家，曾经说了几句很有趣的话，他说：'他（指一位批评者——汶注）是不知从什么地方拿来了一个圈子，就拿这去套一切的文章。小了不合适，大了套不进：不行。恰恰套住：行。'"

〔3〕 张献忠（1606—1646） 延安柳树涧（今陕西定边东）人，明末农民起义领袖之一。关于张献忠考秀才的说法，见清代彭遵泗的《蜀碧》一书："贼诡称试士，于贡院前左右，设长绳离地四尺，按名序立，凡身过绳者，悉驱至西门外青羊宫杀之，前后近万人，笔砚委积如山。"

漫　骂[1]

倪朔尔

还有一种不满于批评家的批评，是说所谓批评家好"漫骂"[2]，所以他的文字并不是批评。

这"漫骂"，有人写作"嫚骂"，也有人写作"谩骂"，我不知道是否是一样的函义。但这姑且不管它也好。现在要问的是怎样的是"漫骂"。

假如指着一个人，说道：这是婊子！如果她是良家，那就是漫骂；倘使她实在是做卖笑生涯的，就并不是漫骂，倒是说了真实。诗人没有捐班[3]，富翁只会计较，因为事实是这样的，所以这是真话，即使称之为漫骂，诗人也还是捐不来，这是幻想碰在现实上的小钉子。

有钱不能就有文才，比"儿女成行"并不一定明白儿童的性质更明白。"儿女成行"只能证明他两口子的善于生，还会养，却并无妄谈儿童的权利。要谈，只不过不识羞。这好像是漫骂，然而并不是。倘说是的，就得承认世界上的儿童心理学家，都是最会生孩子的父母。

说儿童为了一点食物就会打起来，是冤枉儿童的，其实是漫骂。儿童的行为，出于天性，也因环境而改变，所以孔融[4]会让梨。打起来的，是家庭的影响，便是成人，不也有争家私，夺遗产的吗？孩子学了样了。

　　漫骂固然冤屈了许多好人，但含含胡胡的扑灭"漫骂"，却包庇了一切坏种。

一月十七日。

＊　　＊　　＊

　　〔1〕　本篇最初发表于1934年1月22日《申报·自由谈》。

　　〔2〕　批评家好"漫骂"　1933年12月26日《申报·自由谈》载侍桁《关于批评》一文说："看过去批评的论争，我们不能不说愈是那属于无味的漫骂式的，而愈是有人喜欢来参加"，这种"漫骂的批评"，"我们不认为是批评"。

　　〔3〕　捐班　旧时不经科举考试，而用钱财换得官职或做官的资格，称为捐班。

　　〔4〕　孔融（153—208）　东汉鲁国（今山东曲阜）人，文学家。关于他让梨的故事，见《世说新语》南朝梁刘峻注引《融别传》："融四岁与兄食梨，辄引小者。人问其故，答曰：'小儿法当取小者。'"

"京派"与"海派"[1]

栾廷石

自从北平某先生在某报上有扬"京派"而抑"海派"之言,颇引起了一番议论。最先是上海某先生在某杂志上的不平,且引别一某先生的陈言,以为作者的籍贯,与作品并无关系,要给北平某先生一个打击。[2]

其实,这是不足以服北平某先生之心的。所谓"京派"与"海派",本不指作者的本籍而言,所指的乃是一群人所聚的地域,故"京派"非皆北平人,"海派"亦非皆上海人。梅兰芳[3]博士,戏中之真正京派也,而其本贯,则为吴下。但是,籍贯之都鄙,固不能定本人之功罪,居处的文陋,却也影响于作家的神情,孟子曰:"居移气,养移体"[4],此之谓也。北京是明清的帝都,上海乃各国之租界,帝都多官,租界多商,所以文人之在京者近官,没海者近商,近官者在使官得名,近商者在使商获利,而自己也赖以糊口。要而言之,不过"京派"是官的帮闲,"海派"则是商的帮忙而已。但从官得食者其情状隐,对外尚能傲然,从商得食者其情状显,到处难于掩饰,于是忘其所以者,遂据以有清浊之分。而官之鄙商,固亦中国旧习,就更使"海派"在"京派"的眼中跌落了。

而北京学界,前此固亦有其光荣,这就是五四运动的策动。现在虽然还有历史上的光辉,但当时的战士,却"功成,名遂,身退"者有之,"身稳"者有之,"身升"者更有之,好好的一场恶斗,几乎令人有"若要官,杀人放火受招安"[5]之感。"昔人已乘黄鹤去,此地空余黄鹤楼"[6],前年大难临头,北平的学者们所想援以掩护自己的是古文化,而惟一大事,则是古物的南迁,[7]这不是自己彻底的说明了北平所有的是什么了吗?

但北平究竟还有古物,且有古书,且古都的人民。在北平的学者文人们,又大抵有着讲师或教授的本业,论理,研究或创作的环境,实在是比"海派"来得优越的,我希望着能够看见学术上,或文艺上的大著作。

一月三十日。

* * *

〔1〕 本篇最初发表于1934年2月3日《申报·自由谈》。

〔2〕 北平某先生 指沈从文(1902—1988),湖南凤凰人,作家。他在1933年10月18日天津《大公报·文艺副刊》第九期发表《文学者的态度》一文,批评一些文人对文学创作缺乏"认真严肃"的作风,说这类人"在上海寄生于书店,报馆,官办的杂志,在北京则寄生于大学,中学,以及种种教育机关中";"或在北京教书,或在上海赋闲,教书的大约每月皆有三百元至五百元的固定收入,赋闲的则每礼拜必有三五次谈话会之类列席"。上海某先生,指苏汶(1906—1964),原名戴克崇,笔名杜衡、苏汶,浙江杭县(今余杭)人。他在1933年12月上海《现代》月刊第四卷第二期发表《文人在上海》一文,为上海文人进行辩解,对"不问

一切情由而用'海派文人'这名词把所有居留在上海的文人一笔抹杀"表示不满,文中还提到:"仿佛记得鲁迅先生说过,连个人的极偶然而且往往不由自主的姓名和籍贯,都似乎也可以构成罪状而被人所讥笑,嘲讽。"此后,沈从文又发表《论"海派"》等文,曹聚仁等也参加这一争论。

〔3〕 梅兰芳(1894—1961) 名澜,字畹华,江苏泰州人,京剧表演艺术家。1930年梅兰芳在美国演出时,美国波摩那大学及南加州大学曾授与他文学博士的荣誉学位。

〔4〕 "居移气,养移体" 语出《孟子·尽心(上)》:"孟子自范之齐,望见齐王之子,喟然叹曰:'居移气,养移体,大哉居乎!'"

〔5〕 "若要官,杀人放火受招安" 语出宋代庄季裕《鸡肋编》:"建炎后俚语,有见当时之事者:如……欲得官,杀人放火受招安;欲得富,赶著行在卖酒醋。"

〔6〕 "昔人已乘黄鹤去,此地空余黄鹤楼" 唐代崔颢的诗《黄鹤楼》中句。

〔7〕 关于北平学者以古文化掩护自己,指1932年10月初,北平文教界江瀚、刘复等三十多人,在日军进逼关内,华北危急时,向国民党政府呈送意见书,以北平保存有"寄付着国家命脉,国民精神的文化品物"和"全国各种学问的专门学者,大多荟萃在北平"为由,建议"明定北平为文化城",将"北平的军事设备挪开",用不设防来求得北平免遭日军炮火。该意见书曾刊载于10月6日《世界日报》。古物南迁,指1933年1月3日日本侵占山海关后,国民党中央党务会议于1月17日决定将故宫博物院、历史语言研究所等收藏的古物分批从北平运至南京、上海。

北人与南人[1]

栾廷石

这是看了"京派"与"海派"的议论之后,牵连想到的——

北人的卑视南人,已经是一种传统。这也并非因为风俗习惯的不同,我想,那大原因,是在历来的侵入者多从北方来,先征服中国之北部,又携了北人南征,所以南人在北人的眼中,也是被征服者。

二陆[2]入晋,北方人士在欢欣之中,分明带着轻薄,举证太烦,姑且不谈罢。容易看的是,羊衒之的《洛阳伽蓝记》[3]中,就常诋南人,并不视为同类。至于元,则人民截然分为四等[4],一蒙古人,二色目人,三汉人即北人,第四等才是南人,因为他是最后投降的一伙。最后投降,从这边说,是矢尽援绝,这才罢战的南方之强[5],从那边说,却是不识顺逆,久梗王师的贼。孑遗[6]自然还是投降的,然而为奴隶的资格因此就最浅,因为浅,所以班次就最下,谁都不妨加以卑视了。到清朝,又重理了这一篇账,至今还流衍着余波;如果此后的历史是不再回旋的,那真不独是南人的如天之福。

当然,南人是有缺点的。权贵南迁[7],就带了腐败颓废的风气来,北方倒反而干净。性情也不同,有缺点,也有特长,正如北人的兼具二者一样。据我所见,北人的优点是厚重,南人的优点是机灵。但厚重之弊也愚,机灵之弊也狡,所以某先生[8]曾经指出缺点道:北方人是"饱食终日,无所用心";南方人是"群居终日,言不及义"。就有闲阶级而言,我以为大体是的确的。

缺点可以改正,优点可以相师。相书上有一条说,北人南相,南人北相者贵。我看这并不是妄语。北人南相者,是厚重而又机灵,南人北相者,不消说是机灵而又能厚重。昔人之所谓"贵",不过是当时的成功,在现在,那就是做成有益的事业了。这是中国人的一种小小的自新之路。

不过做文章的是南人多,北方却受了影响。北京的报纸上,油嘴滑舌,吞吞吐吐,顾影自怜的文字不是比六七年前多了吗?这倘和北方固有的"贫嘴"一结婚,产生出来的一定是一种不祥的新劣种!

一月三十日。

* * *

〔1〕 本篇最初发表于1934年2月4日《申报·自由谈》。

〔2〕 二陆 指陆机、陆云兄弟。陆机(261—303),字士衡;陆云(262—303),字士龙,吴郡华亭(今上海松江)人。二人都是西晋文学家,时并称"二陆"。祖父陆逊、父亲陆抗皆三国时吴国名将。晋灭吴后,机、云兄弟同至晋都洛阳,往见西晋大臣张华,《世说新语》南朝梁刘峻注引《晋阳秋》说:"司空张华见而说之,曰:'平吴之利,在获二俊。'"又《世说新语·方正》载,二陆入晋后,"卢志(按为北方士族)于众坐,问陆士衡:'陆逊陆抗,是君何物?'"《世说新语·简傲》载二陆拜访刘

道真的情形说:"礼毕,初无他言,唯问:'东吴有长柄壶卢,卿得种来不?'陆兄弟殊失望,乃悔往。"

〔3〕 羊衒之 一作杨衒之,北魏北平(今河北满城)人。曾官期城太守、抚军府司马。《洛阳伽蓝记》,五卷,作于东魏武定五年(547),其中时有轻视南人的话,如卷二记中原氏族杨元慎故意说能治陈庆之(南朝梁将领,当时在洛阳)的病时的情景:"元慎即含水噀庆之曰:'吴人之鬼,住居建康,小作冠帽,短制衣裳。自呼阿侬,语则阿傍。菰稗为饭,茗饮作浆。呷啜莼羹,唼嚼蟹黄。手把豆蔻,口嚼槟榔……'庆之伏枕曰:'杨君见辱深矣!'自此后,吴儿更不敢解语。"又卷三记南齐秘书丞王肃投奔北魏后的情形说:"(王肃)不食羊肉及酪浆等物,常饭鲫鱼羹,渴饮茗汁。京师士子道肃一饮一斗,号为漏卮。……时给事中刘缟慕肃之风,专习茗饮。彭城王谓缟曰:'卿不慕王侯八珍,好苍头水厄。海上有逐臭之夫,里内有学颦之妇,以卿言之,即是也。'其彭城王家有吴奴,以此言戏之。自是朝贵宴会虽设茗饮,皆耻不复食,惟江表残民远来降者好之。"

〔4〕 元代把所统治的人民划分为四等:前三等据元末明初陶宗仪《南村辍耕录·氏族》载为:一、蒙古人。二、色目人,包括钦察、唐兀、回回等族,是蒙古人侵入中原前已征服的西域人。三、汉人,包括契丹、高丽等族及在金人治下北中国的汉族人。又有第四等:南人,据钱大昕《十驾斋养新录》卷九说,"汉人南人之分,以宋金疆域为断,江浙湖广江西三行省为南人,河南省唯江北淮南诸路为南人。"

〔5〕 南方之强 语出《中庸》第十章:"南方之强也,君子居之。"

〔6〕 孑遗 这里指前朝的遗民。语出《诗经·大雅·云汉》:"周余黎民,靡有孑遗。"

〔7〕 权贵南迁 指汉族统治者不能抵御北方少数民族统治者

的入侵,把政权转移到南方。如东晋为北方匈奴所迫,迁都建康(今南京);南宋为北方金人所迫,迁都临安(今杭州)。他们南迁后,仍过着荒淫糜烂的生活。

〔8〕 某先生 指顾炎武(1613—1682),字宁人,号亭林,江苏昆山人,明末清初学者。他在《日知录》卷十三《南北学者之病》中说:"'饱食终日,无所用心,难矣哉'(按原语见《论语·阳货》),今日北方之学者是也。'群居终日,言不及义,好行小慧,难矣哉'(按原语见《论语·卫灵公》),今日南方之学者是也。"

《如此广州》读后感[1]

越 客

前几天,《自由谈》上有一篇《如此广州》[2],引据那边的报章,记店家做起玄坛和李逵[3]的大像来,眼睛里嵌上电灯,以镇压对面的老虎招牌,真写得有声有色。自然,那目的,是在对于广州人的迷信,加以讥刺的。

广东人的迷信似乎确也很不小,走过上海五方杂处的衖堂,只要看毕毕剥剥在那里放鞭炮的,大门外的地上点着香烛的,十之九总是广东人,这很可以使新党叹气。然而广东人的迷信却迷信得认真,有魄力,即如那玄坛和李逵大像,恐怕就非百来块钱不办。汉求明珠,吴征大象,中原人历来总到广东去刮宝贝,好像到现在也还没有被刮穷,为了对付假老虎,也能出这许多力。要不然,那就是拚命,这却又可见那迷信之认真。

其实,中国人谁没有迷信,只是那迷信迷得没出息了,所以别人倒不注意。譬如罢,对面有了老虎招牌,大抵的店家,是总要不舒服的。不过,倘在江浙,恐怕就不肯这样的出死力来斗争,他们会只化一个铜元买一条红纸,写上"姜太公[4]在此百无禁忌"或"泰山石敢当"[5],悄悄的贴起来,就如此的安身立命。迷信还是迷信,但迷得多少小家子相,毫无生气,奄奄一息,他连做《自由谈》的材料也不给你。

　　与其迷信,模胡不如认真。倘若相信鬼还要用钱,我赞成北宋人似的索性将铜钱埋到地里去[6],现在那么的烧几个纸锭,却已经不但是骗别人,骗自己,而且简直是骗鬼了。中国有许多事情都只剩下一个空名和假样,就为了不认真的缘故。

　　广州人的迷信,是不足为法的,但那认真,是可以取法,值得佩服的。

　　　　　　　　　　　　二月四日。

＊　　　＊　　　＊

　〔1〕 本篇最初发表于1934年2月7日《申报·自由谈》。

　〔2〕《如此广州》 刊载于1934年1月29日《申报·自由谈》,署名味荔。

　〔3〕 玄坛　即道教尊为"正一玄坛元帅"的财神赵公明。其绘像身跨黑虎,故称"黑虎玄坛"。李逵,长篇小说《水浒》中人物,该书四十三回中有他杀死四只老虎的故事。

　〔4〕 姜太公　即周朝太公望吕尚(姓姜,封于吕,因称吕尚)。《史记·封禅书》:"八神将自古而有之,或曰太公以来作之。"后来神话小说《封神演义》说他给神魔封号,民间也迷信他的名字能镇压"妖邪"。

　〔5〕"泰山石敢当"　西汉史游《急就篇》中已有"石敢当"一语,据唐代颜师古注:"敢当,言所当无敌也。"旧时人家正门或村口等处,如正对桥梁、通道,常树起一个石人或石片,上刻"泰山石敢当"字样,以作"镇邪"之用。前加"泰山",大概因旧时流传"泰山府君"能"制鬼驱邪"的缘故。

25

〔6〕 据唐代封演《封氏闻见记》卷六:"古者享祀鬼神,有圭璧币帛,事毕则埋之……其纸钱,魏晋以来,始有其事。"用纸钱以后,也仍有以铜钱和金银埋在墓中的。

过　年[1]

张　承　禄

今年上海的过旧年,比去年热闹。

文字上和口头上的称呼,往往有些不同:或者谓之"废历"[2],轻之也;或者谓之"古历",爱之也。但对于这"历"的待遇是一样的:结账,祀神,祭祖,放鞭炮,打马将,拜年,"恭喜发财"!

虽过年而不停刊的报章上,也已经有了感慨;[3]但是,感慨而已,到底胜不过事实。有些英雄的作家,也曾经叫人终年奋发,悲愤,纪念。但是,叫而已矣,到底也胜不过事实。中国的可哀的纪念太多了,这照例至少应该沉默;可喜的纪念也不算少,然而又怕有"反动分子乘机捣乱"[4],所以大家的高兴也不能发扬。几经防遏,几经淘汰,什么佳节都被绞死,于是就觉得只有这仅存残喘的"废历"或"古历"还是自家的东西,更加可爱了。那就格外的庆贺——这是不能以"封建的余意"一句话,轻轻了事的。

叫人整年的悲愤,劳作的英雄们,一定是自己毫不知道悲愤,劳作的人物。在实际上,悲愤者和劳作者,是时时需要休息和高兴的。古埃及的奴隶们,有时也会冷然一笑。这是蔑视一切的笑。不懂得这笑的意义者,只有主子和自安于奴才生活，而劳作较少，并且失了悲愤的奴才。

我不过旧历年已经二十三年了，这回却连放了三夜的花爆[5]，使隔壁的外国人也"嘘"了起来：这却和花爆都成了我一年中仅有的高兴。

二月十五日。

* * *

〔1〕 本篇最初发表于1934年2月17日《申报·自由谈》。

〔2〕 "废历" 指阴历（或称夏历）。1912年（民国元年）1月2日，中华民国临时政府通令各省废除阴历，改用阳历。后来，国民党政府又再三下过这样的通令。

〔3〕 1934年2月13日（夏历除夕），《申报号外·本埠增刊》临时增加的副刊《不自由谈》上有署名非人的《开场白》说："编辑先生们辛苦了一年，在这几天寒假里头，本想可以还我自由自在的身，写写意意，享几天难得享到的幸福。不料突然地接到一道命令：说不但要出号外，并且要屁股两排，没有办法，只得再来放几个屁。"

〔4〕 "反动分子乘机捣乱" 1933年5月5日，国民党上海市党部举行"革命政府成立十二周年纪念"大会，事前通知各界"于是日上午九时，在本党部三楼大礼堂，召集各界代表举行纪念大会"，并规定纪念办法九条，末条是"函请警备司令部暨市公安局，严防反动分子，乘机捣乱；并酌派军警若干，维持会场秩序"。

〔5〕 花爆 即花炮、爆竹。1934年旧历年将届时，国民党上海市政府曾以"惟恐宵小乘机滋事"为由，发布"市民不得燃放爆竹"的通令。

28

运 命[1]

倪朔尔

电影"《姊妹花》"[2]中的穷老太婆对她的穷女儿说:'穷人终是穷人,你要忍耐些!'"宗汉[3]先生慨然指出,名之曰"穷人哲学"(见《大晚报》)。

自然,这是教人安贫的,那根据是"运命"。古今圣贤的主张此说者已经不在少数了,但是不安贫的穷人也"终是"很不少。"智者千虑,必有一失",这里的"失",是在非到盖棺之后,一个人的运命"终是"不可知。

豫言运命者也未尝没有人,看相的,排八字的,到处都是。然而他们对于主顾,肯断定他穷到底的是很少的,即使有,大家的学说又不能相一致,甲说当穷,乙却说当富,这就使穷人不能确信他将来的一定的运命。

不信运命,就不能"安分",穷人买奖券,便是一种"非分之想"。但这于国家,现在是不能说没有益处的。不过"有一利必有一弊",运命既然不可知,穷人又何妨想做皇帝,这就使中国出现了《推背图》[4]。据宋人说,五代时候,许多人都看了这图给自己的儿子取名字,希望应着将来的吉兆,直到宋太宗(?)抽乱了一百本,与别本一同流通,读者见次序多不相同,莫衷一是,这才不再珍藏了。然而九一八那时,上海却还

29

大卖着《推背图》的新印本。

"安贫"诚然是天下太平的要道,但倘使无法指定究竟的运命,总不能令人死心塌地。现在的优生学[5],本可以说是科学的了,中国也正有人提倡着,冀以济运命说之穷,而历史又偏偏不挣气,汉高祖[6]的父亲并非皇帝,李白的儿子也不是诗人;还有立志传,絮絮叨叨的在对人讲西洋的谁以冒险成功,谁又以空手致富。

运命说之毫不足以治国平天下,是有明明白白的履历的。倘若还要用它来做工具,那中国的运命可真要"穷"极无聊了。

二月二十三日。

* * *

〔1〕 本篇最初发表于1934年2月26日《申报·自由谈》。

〔2〕 《姊妹花》 郑正秋根据自己编写的舞台剧《贵人与犯人》改编和导演的电影,1933年由上海明星影片公司摄制。影片以1924年军阀内战为背景,描写了一对自幼离散的孪生姊妹,因处境不同,妹妹成了军阀的姨太太,姊姊成了囚犯。结局是姊妹相认,与父母阖家团圆。

〔3〕 宗汉 即邵宗汉(1907—1989),江苏武进人,新闻工作者。他的《穷人哲学》一文发表在1934年2月20日《大晚报》"日日谈"。

〔4〕 《推背图》 一种谶纬图册。《宋史·艺文志》列为五行家的著作,不题撰人,南宋岳珂《桯史》以为唐代李淳风撰。现存传本一卷共六十图,前五十九图预测以后历代兴亡变乱,第六十图画的是唐代袁

天纲要李淳风停止继续预测而推李的背脊的动作,故后来又被认作李袁二人同撰。《桯史》卷一《艺祖禁谶书》说:"唐李淳风作《推背图》。五季之乱,王侯崛起,人有幸心,故其学益炽,闭口张弓之谶,吴越至以遍名其子,……宋兴,受命之符尤为著明。艺祖(按历代称太祖或高祖为"艺祖",此处指宋太祖)即位,始诏禁谶书,惧其惑民志,以繁刑辟。然图传已数百年,民间多有藏本,不复可收拾,有司患之。一日,赵韩王以开封具狱奏,因言'犯者至众,不可胜诛'。上曰:'不必多禁,正当混之耳。'乃命取旧本,自己验之外,皆紊其次而杂书之,凡为百本,使与存者并行。于是传者懵其先后,莫知其孰讹;间有存者,不复验,亦弃弗藏矣。"

〔5〕 优生学 英国哥尔登创立的学说,他认为人或人种在生理和智力上的差别由遗传所决定,研究如何改进人类的遗传性。

〔6〕 汉高祖 即刘邦(前247—前195),字季,沛县(今属江苏)人,汉王朝的建立者。

大　小　骗[1]

邓　当　世

"文坛"上的丑事,这两年来真也揭发得不少了:剪贴,瞎抄,贩卖,假冒。不过不可究诘的事情还有,只因为我们看惯了,不再留心它。

名人的题签,虽然字不见得一定写的好,但只在表示这书的作者或出版者认识名人,和内容并无关系,是算不得骗人的。可疑的是"校阅"。校阅的脚色,自然是名人,学者,教授。然而这些先生们自己却并无关于这一门学问的著作。所以真的校阅了没有是一个问题;即使真的校阅了,那校阅是否真的可靠又是一个问题。但再加校阅,给以批评的文章,我们却很少见。

还有一种是"编辑"。这编辑者,也大抵是名人,因这名,就使读者觉得那书的可靠。但这是也很可疑的。如果那书上有些序跋,我们还可以由那文章,思想,断定它是否真是这人所编辑,但市上所陈列的书,常有翻开便是目录,叫你一点也摸不着头脑的。这怎么靠得住?至于大部的各门类的刊物的所谓"主编",那是这位名人竟上至天空,下至地底,无不通晓了,"无为而无不为"[2],倒使我们无须再加以揣测。

还有一种是"特约撰稿"。刊物初出,广告上往往开列一大批特约撰稿的名人,有时还用凸版印出作者亲笔的签名,以显示其真实。这并不可疑。然而过了一年半载,可就渐有破绽了,许多所谓特约撰稿者的东西一个字也不见。是并没有约,还是约而不来呢,我们无从知道;但可见那些所谓亲笔签名,也许是从别处剪来,或者简直是假造的了。要是从投稿上取下来的,为什么见签名却不见稿呢?

这些名人在卖着他们的"名",不知道可是领着"干薪"的?倘使领的,自然是同意的自卖,否则,可以说是被"盗卖"。"欺世盗名"者有之,盗卖名以欺世者又有之,世事也真是五花八门。然而受损失的却只有读者。

三月七日。

* * *

〔1〕 本篇最初发表于1934年3月28日《申报·自由谈》。

〔2〕 "无为而无不为" 语出《老子》第四十八章:"为学日益,为道日损。损之又损,以至无为,无为而无不为。"原语的"益"和"损",指知识、欲望的增减。

"小童挡驾"[1]

宓子章

近五六年来的外国电影,是先给我们看了一通洋侠客的勇敢,于是而野蛮人的陋劣,又于是而洋小姐的曲线美。但是,眼界是要大起来的,终于几条腿不够了,于是一大丛;又不够了,于是赤条条。这就是"裸体运动大写真"[2],虽然是正正堂堂的"人体美与健康美的表现",然而又是"小童挡驾"的,他们不配看这些"美"。

为什么呢?宣传上有这样的文字——

"一个绝顶聪明的孩子说:她们怎不回过身子儿来呢?"

"一位十足严正的爸爸说:怪不得戏院对孩子们要挡驾了!"

这当然只是文学家虚拟的妙文,因为这影片是一开始就标榜着"小童挡驾"的,他们无从看见。但假使真给他们去看了,他们就会这样的质问吗?我想,也许会的。然而这质问的意思,恐怕和张生唱的"哈,怎不回过脸儿来"[3]完全两样,其实倒在电影中人的态度的不自然,使他觉得奇怪。中国的儿童也许比较的早熟,也许性感比较的敏,但总不至于比成年的他的"爸爸",心地更不干净的。倘其如此,二十年后的中国社会,那可真真可怕了。但事实上大概决不至于此,所以那答话还不如改一下：

"因为要使我过不了瘾,可恶极了!"

不过肯这样说的"爸爸"恐怕也未必有。他总要"以己之心,度人之心"[4],度了之后,便将这心硬塞在别人的腔子里,装作不是自己的,而说别人的心没有他的干净。裸体女人的都"不回过身子儿来",其实是专为对付这一类人物的。她们难道是白痴,连"爸爸"的眼色,比他孩子的更不规矩都不知道吗?

但是,中国社会还是"爸爸"类的社会,所以做起戏来,是"妈妈"类献身,"儿子"类受谤。即使到了紧要关头,也还是什么"木兰从军","汪踦卫国",[5]要推出"女子与小人"[6]去搪塞的。"吾国民其何以善其后欤?"

四月五日。

＊　　＊　　＊

〔1〕 本篇最初发表于1934年4月7日《申报·自由谈》。

〔2〕 "裸体运动大写真"　1934年3月,上海的上海大戏院放映一部德、法、美等国裸体运动记录片《回到自然》。影院曾为此大肆宣传,此语及下面引文都是广告中的话。

〔3〕 张生　即张珙(君瑞),元代王实甫《西厢记》中的人物。这里引用的唱词见该剧第四本《草桥店梦莺莺》第一折:"哈,怎不肯回过脸儿来?"

〔4〕 "以己之心,度人之心"　语出《中庸》十三章朱熹注。

〔5〕 "木兰从军"　见南北朝时北朝叙事长诗《木兰诗》,诗中

写木兰女扮男装,代父从军,出征十二年,立功还乡。"汪踦卫国",汪踦是春秋时鲁国的一个儿童,《礼记·檀弓(下)》:"(鲁与齐师)战于郎,公叔禺人……与其邻重(童)汪踦往,皆死焉。"

〔6〕 "女子与小人" 语出《论语·阳货》:"子曰:'惟女子与小人为难养也,近之则不孙(逊),远之则怨。'"

古人并不纯厚[1]

翁　隼

老辈往往说:古人比今人纯厚,心好,寿长。我先前也有些相信,现在这信仰可是动摇了。达赖啦嘛总该比平常人心好,虽然"不幸短命死矣",[2]但广州开的耆英会[3],却明明收集过一大批寿翁寿媪,活了一百零六岁的老太太还能穿针,有照片为证。

古今的心的好坏,较为难以比较,只好求教于诗文。古之诗人,是有名的"温柔敦厚"的,而有的竟说:"时日曷丧,予及汝偕亡!"[4]你看够多么恶毒?更奇怪的是孔子"校阅"之后,竟没有删,还说什么"诗三百,一言以蔽之,曰:思无邪"[5]哩,好像圣人也并不以为可恶。

还有现存的最通行的《文选》[6],听说如果青年作家要丰富语汇,或描写建筑,是总得看它的,但我们倘一调查里面的作家,却至少有一半不得好死,当然,就因为心不好。经昭明太子一挑选,固然好像变成语汇祖师了,但在那时,恐怕还有个人的主张,偏激的文字。否则,这人是不传的,试翻唐以前的史上的文苑传,大抵是禀承意旨,草檄作颂的人,然而那些作者的文章,流传至今者偏偏少得很。

由此看来,翻印整部的古书,也就不无危险了。近来偶尔看见一部石印的《平斋文集》[7],作者,宋人也,不可谓之不古,但其诗就不可为训。如咏《狐鼠》云:"狐鼠擅一窟,虎蛇行九逵,不论天有眼,但管地无皮……。"又咏《荆公》云:"养就祸胎身始去,依然钟阜向人青"。[8]那指斥当路的口气,就为今人所看不惯。"八大家"[9]中的欧阳修[10],是不能算作偏激的文学家的罢,然而那《读李翱文》中却有云:"呜呼,在位而不肯自忧,又禁它人使皆不得忧,可叹也夫!"也就悻悻得很。

但是,经后人一番选择,却就纯厚起来了。后人能使古人纯厚,则比古人更为纯厚也可见。清朝曾有钦定的《唐宋文醇》和《唐宋诗醇》[11],便是由皇帝将古人做得纯厚的好标本,不久也许会有人翻印,以"挽狂澜于既倒"[12]的。

四月十五日。

* * *

〔1〕 本篇最初发表于1934年4月26日上海《中华日报·动向》。

〔2〕 达赖喇嘛 这里指在1933年12月17日去世的达赖喇嘛第十三世阿旺罗桑土丹嘉措(1876—1933)。"不幸短命死矣",语出《论语·雍也》,是孔子惋惜门徒颜渊早死的话。

〔3〕 广州开的耆英会 1934年2月15日,国民党政府广州市长刘纪文为纪念新建市署落成,举行耆英会;到八十岁以上的老人二百余人,其中有据说一百零六岁的张苏氏,尚能穿针,她表演穿针的照片曾刊在3月19日《申报·图画特刊》第二号。

〔4〕 "时日曷丧,予及汝偕亡!" 语出《尚书·汤誓》。时日,原指夏桀。

〔5〕 "诗三百,一言以蔽之,曰:思无邪" 孔子的话,见《论语·为政》。

〔6〕 《文选》 南朝梁昭明太子萧统编,内选秦汉至齐梁间的诗文,共三十卷,是我国现存最早的一部诗文总集。唐代李善为之作注,分为六十卷。1933年9月,施蛰存曾向青年推荐《文选》,说读了"可以扩大一点字汇",可以从中采用描写"宫室建筑"等的词语。

〔7〕 《平斋文集》 宋代洪咨夔著,共三十二卷。洪咨夔(1176—1236),字舜俞,浙江於潜(今并入临安)人,嘉泰二年(1202)进士,官至刑部尚书、翰林学士。石印的本子指1934年商务印书馆影印的《四部丛刊续编》本。

〔8〕 荆公 即王安石(1021—1086),字介甫,抚州临川(今属江西)人,北宋政治家和文学家。他官至宰相,封荆国公,故称王荆公。祸胎,指王安石曾经重用后来转而排斥王安石的吕惠卿等人。钟阜,指南京钟山,王安石晚年退居钟山半山堂。

〔9〕 "八大家" 即唐宋八大家,指唐代韩愈、柳宗元,宋代欧阳修、苏洵、苏轼、苏辙、王安石、曾巩八个散文名家,明代茅坤曾选辑他们的作品为《唐宋八大家文钞》,因有此称。

〔10〕 欧阳修(1007—1072) 字永叔,庐陵(今江西吉安)人,北宋文学家。曾任枢密副使、参知政事。所作《读李翱文》,见《欧阳文忠集》卷七十三。李翱(772—841),字习之,陇西成纪(今甘肃秦安)人,唐代文学家。曾官中书舍人、山南东道节度使。

〔11〕 《唐宋文醇》 清代乾隆三年(1738)"御定",五十八卷,包括唐宋八大家及李翱、孙樵等十人的文章。《唐宋诗醇》,乾隆十五年

(1750)"御定",四十七卷,包括唐代李白、杜甫、白居易、韩愈,宋代苏轼、陆游等六人的诗作。

〔12〕 "挽狂澜于既倒"　语出唐代韩愈《进学解》:"障百川而东之,回狂澜于既倒。"

法会和歌剧[1]

孟 弧

《时轮金刚法会募捐缘起》[2]中有这样的句子："古人一遇灾祲,上者罪己,下者修身……今则人心浸以衰矣,非仗佛力之加被,末由消除此浩劫。"恐怕现在也还有人记得的罢。这真说得令人觉得自己和别人都半文不值,治水除蝗,完全无益,倘要"或消自业,或淡他灾"[3],只好请班禅大师来求佛菩萨保佑了。

坚信的人们一定是有的,要不然,怎么能募集一笔巨款。

然而究竟好像是"人心浸以衰矣"了,中央社十七日杭州电云："时轮金刚法会将于本月二十八日在杭州启建,并决定邀梅兰芳,徐来,胡蝶,在会期内表演歌剧五天。"[4]梵呗圆音,竟将为轻歌曼舞所"加被",岂不出于意表也哉!

盖闻昔者我佛说法,曾有天女散花[5],现在杭州启会,我佛大概未必亲临,则恭请梅郎权扮天女,自然尚无不可。但与摩登女郎们又有什么关系呢?莫非电影明星与标准美人[6]唱起歌来,也可以"消除此浩劫"的么?

大约,人心快要"浸衰"之前,拜佛的人,就已经喜欢兼看玩艺的了,款项有限,法会不大的时候,和尚们便自己来飞钹,唱歌,给善男子,善女人们满足,但也很使道学先生们摇头。

班禅大师只"印可"[7]开会而不唱《毛毛雨》[8],原是很合佛旨的,可不料同时也唱起歌剧来了。

原人和现代人的心,也许很有些不同,倘相去不过几百年,那恐怕即使有些差异,也微乎其微的。赛会做戏文,香市看娇娇,正是"古已有之"的把戏。既积无量之福,又极视听之娱,现在未来,都有好处,这是向来兴行佛事的号召的力量。否则,黄胖和尚念经,参加者就未必踊跃,浩劫一定没有消除的希望了。

但这种安排,虽然出于婆心,却仍是"人心浸以衰矣"的征候。这能够令人怀疑:我们自己是不配"消除此浩劫"的了,但此后该靠班禅大师呢,还是梅兰芳博士,或是密斯[9]徐来,密斯胡蝶呢?

四月二十日。

*　　*　　*

〔1〕 本篇最初发表于1934年5月20日《中华日报·动向》。

〔2〕 时轮金刚法会　佛教密宗的一种仪式。1934年3月11日由国民党政府考试院院长戴季陶、行政院秘书长褚民谊等发起,推举下野军阀段祺瑞为理事长,请第九世班禅额尔德尼在杭州灵隐寺举行时轮金刚法会。此事得到各地军政要人黄郛、张群、马鸿逵、商震、韩复榘等赞同。蒋介石亦电嘱浙江省及杭州市当局予以协助。该会《募捐缘起》曾在《论语》半月刊第三十八期(1934年4月1日)"古香斋"栏转载。

〔3〕 "或消自业,或淡他灾"　这是1934年3、4月间上海各报

载《启建时轮金刚法会启事》中的话,它劝人捐助"法资",以"为已故宗亲拔苦,或为现存父母祈福,或消自业,或淡他灾"。

〔4〕 中央社这一电讯与事实有出入。徐来、胡蝶当时在杭州浙江大舞台为公益警卫募捐义务演出,她们和梅兰芳都未为法会表演。徐来(1909—1973),浙江绍兴人。胡蝶(1908—1989),原名胡瑞华,广东鹤山(今高鹤)人。她们都是三十年代电影女演员。

〔5〕 天女散花　见《维摩诘所说经·观众生品》:"时维摩诘室有一天女,见诸天人闻所说法,便现其身,即以天华散诸菩萨大弟子上。"(据后秦鸠摩罗什汉文译本)梅兰芳曾据此演出京剧《天女散花》。

〔6〕 标准美人　当时上海一些报纸上所称的徐来的诨名。

〔7〕 "印可"　佛家语,承认、许可。《维摩诘经·弟子品》:"若能如是坐者,佛所印可。"

〔8〕 《毛毛雨》　黎锦晖作的歌曲,曾流行于1930年前后。

〔9〕 密斯　英语 Miss 的音译,即小姐。

洋服的没落[1]

韦士繇

几十年来，我们常常恨着自己没有合意的衣服穿。清朝末年，带些革命色采的英雄不但恨辫子，也恨马褂和袍子，因为这是满洲服。一位老先生到日本去游历，看见那边的服装，高兴的了不得，做了一篇文章登在杂志上，叫作《不图今日重见汉官仪》[2]。他是赞成恢复古装的。

然而革命之后，采用的却是洋装，这是因为大家要维新，要便捷，要腰骨笔挺。少年英俊之徒，不但自己必洋装，还厌恶别人穿袍子。那时听说竟有人去责问樊山老人[3]，问他为什么要穿满洲的衣裳。樊山回问道："你穿的是那里的服饰呢？"少年答道："我穿的是外国服。"樊山道："我穿的也是外国服。"

这故事颇为传诵一时，给袍褂党扬眉吐气。不过其中是带一点反对革命的意味的，和近日的因为卫生，因为经济的大两样。后来，洋服终于和华人渐渐的反目了，不但袁世凯朝，就定袍子马褂为常礼服，[4]五四运动之后，北京大学要整饬校风，规定制服了，请学生们公议，那议决的也是：袍子和马褂！

这回的不取洋服的原因却正如林语堂先生所说，因其不合于卫生。[5]造化赋给我们的腰和脖子,本是可以弯曲的,弯腰曲背,在中国是一种常态,逆来尚须顺受,顺来自然更当顺受了。所以我们是最能研究人体,顺其自然而用之的人民。脖子最细,发明了砍头;膝关节能弯,发明了下跪;臀部多肉,又不致命,就发明了打屁股。违反自然的洋服,于是便渐渐的自然的没落了。

这洋服的遗迹,现在已只残留在摩登男女的身上,恰如辫子小脚,不过偶然还见于顽固男女的身上一般。不料竟又来了一道催命符,是镪水悄悄从背后洒过来了。[6]

这怎么办呢?

恢复古制罢,自黄帝以至宋明的衣裳,一时实难以明白;学戏台上的装束罢,蟒袍玉带,粉底皂靴,坐了摩托车吃番菜,实在也不免有些滑稽。所以改来改去,大约总还是袍子马褂牢稳。虽然也是外国服,但恐怕是不会脱下的了——这实在有些稀奇。

四月二十一日。

* * *

〔1〕 本篇最初发表于1934年4月25日《申报·自由谈》,署名士繇。

〔2〕 《不图今日重见汉官仪》 作者署名英伯,发表于1903年9月留日学生在东京办的《浙江潮》第七期。此题目原语出《后汉书·光武帝纪》:王莽被杀后,刘秀(即后来的汉光武帝)带了僚属到长安,当地吏士见到他们,"皆欢喜不自胜。老吏或垂涕曰:'不图今日复见汉官威

仪!'"按原语中"汉"指汉朝,英伯文中则指汉族。

〔3〕 樊山老人 即樊增祥(1846—1931),字嘉父,号樊山,湖北恩施人,近代文人。清光绪进士,曾任江苏布政使。著有《樊山诗集》、《樊山文集》。下文说的关于穿"外国服"的诘难,据易宗夔《新世说·言语》记载,这是清代文学家王闿运的故事:"王壬甫硕学耆老,性好诙谑。辛亥之冬,民国成立,士夫争剪发辫,改用西式衣冠。适公八十初度,贺者盈门,公仍用前清冠服,客笑问之。公曰:'予之冠服,固外国式;君辈衣服,讵中国式耶?若能优孟衣冠,方为光复汉族矣。'客亦无以难之。"

〔4〕 袁世凯(1859—1916) 字慰亭,河南项城人。原是清朝大臣,辛亥革命后攫取了中华民国大总统职位。1912年10月,袁世凯政府曾下令定长袍马褂为男子的常礼服。

〔5〕 林语堂(1895—1976) 福建龙溪人。作家。在1934年4月16日《论语》第三十九期发表的《论西装》一文中说:"西装之所以成为一时风气而为摩登士女所乐从者,唯一的理由是一般人士震于西洋文物之名而好为效颦,在伦理上,美感上,卫生上是决无立足根据的。"

〔6〕 据1934年4月14日《新生》周刊第一卷第十期载:"杭(州)市发现摩登破坏铁血团,以硝镪水毁人摩登衣服,并发警告服用洋货的摩登士女书"。当时北京、上海等地都出现过这类事。

朋　友[1]

黄　凯　音

我在小学的时候,看同学们变小戏法,"耳中听字"呀,"纸人出血"呀,很以为有趣。庙会时就有传授这些戏法的人,几枚铜元一件,学得来时,倒从此索然无味了。进中学是在城里,于是兴致勃勃的看大戏法,但后来有人告诉了我戏法的秘密,我就不再高兴走近圈子的旁边。去年到上海来,才又得到消遣无聊的处所,那便是看电影。

但不久就在书上看到一点电影片子的制造法,知道了看去好像千丈悬崖者,其实离地不过几尺,奇禽怪兽,无非是纸做的。这使我从此不很觉得电影的神奇,倒往往只留心它的破绽,自己也无聊起来,第三回失掉了消遣无聊的处所。有时候,还自悔去看那一本书,甚至于恨到那作者不该写出制造法来了。

暴露者揭发种种隐秘,自以为有益于人们,然而无聊的人,为消遣无聊计,是甘于受欺,并且安于自欺的,否则就更无聊赖。因为这,所以使戏法长存于天地之间,也所以使暴露幽暗不但为欺人者所深恶,亦且为被欺者所深恶。

暴露者只在有为的人们中有益,在无聊的人们中便要灭亡。自救之道,只在虽知一切隐秘,却不动声色,帮同欺人,欺那自甘受欺的无聊的人们,任它无聊的戏法一套一套的,终于反反复复的变下去。周围是总有这些人会看的。

变戏法的时时拱手道:"……出家靠朋友!"有几分就是对着明白戏法的底细者而发的,为的是要他不来戳穿西洋镜。

"朋友,以义合者也"[2],但我们向来常常不作如此解。

四月二十二日。

*　　*　　*

〔1〕 本篇最初发表于1934年5月1日《申报·自由谈》。

〔2〕 "朋友,以义合者也"　语出《论语·乡党》宋代朱熹注:"朋友以义合。"

清 明 时 节[1]

孟　弧

　　清明时节,是扫墓的时节,有的要进关内来祭祖[2],有的是到陕西去上坟[3],或则激论沸天,或则欢声动地,真好像上坟可以亡国,也可以救国似的。

　　坟有这么大关系,那么,掘坟当然是要不得的了。[4]

　　元朝的国师八合思巴[5]罢,他就深相信掘坟的利害。他掘开宋陵,要把人骨和猪狗骨同埋在一起,以使宋室倒楣。后来幸而给一位义士盗走了,没有达到目的,然而宋朝还是亡。曹操[6]设了"摸金校尉"之类的职员,专门盗墓,他的儿子却做了皇帝,自己竟被谥为"武帝",好不威风。这样看来,死人的安危,和生人的祸福,又仿佛没有关系似的。

　　相传曹操怕死后被人掘坟,造了七十二疑冢[7],令人无从下手。于是后之诗人[8]曰:"遍掘七十二疑冢,必有一冢葬君尸。"于是后之论者[9]又曰:阿瞒老奸巨猾,安知其尸实不在此七十二冢之内乎。真是没有法子想。

　　阿瞒虽是老奸巨猾,我想,疑冢之流倒未必安排的,不过古来的冢墓,却大抵被发掘者居多,冢中人的主名,的确者也很少,洛阳邙山[10],清末掘墓者极多,虽在名公巨卿的墓中,所得也大抵是一块志石[11]和凌乱的陶器,大约并非原没有贵重的殉葬品，乃是早经有人掘过，拿走了，什么时候呢，无从知道。总之是葬后以至清末的偷掘那一天之间罢。

至于墓中人究竟是什么人，非掘后往往不知道。即使有相传的主名的，也大抵靠不住。中国人一向喜欢造些和大人物相关的名胜，石门有"子路止宿处"〔12〕，泰山上有"孔子小天下处"〔13〕；一个小山洞，是埋着大禹〔14〕，几堆大土堆，便葬着文武和周公〔15〕。

如果扫墓的确可以救国，那么，扫就要扫得真确，要扫文武周公的陵，不要扫着别人的土包子，还得查考自己是否周朝的子孙。于是乎要有考古的工作，就是掘开坟来，看看有无葬着文王武王周公旦的证据，如果有遗骨，还可照《洗冤录》〔16〕的方法来滴血。但是，这又和扫墓救国说相反，很伤孝子顺孙的心了。不得已，就只好闭了眼睛，硬着头皮，乱拜一阵。

"非其鬼而祭之，谄也！"〔17〕单是扫墓救国术没有灵验，还不过是一个小笑话而已。

四月二十六日。

*　　　*　　　*

〔1〕 本篇最初发表于1934年5月24日《中华日报·动向》。

〔2〕 进关内来祭祖　1934年4月4日《大晚报》载：伪满洲国皇帝溥仪要求在清明节入关祭扫清代皇帝的坟墓。此事在当时曾引起人们的愤慨。

〔3〕 到陕西去上坟　1934年4月7日《申报》载：清明节时，国民党政府考试院院长戴季陶等同西安军政要人及各界代表前往陕西咸

阳、兴平祭扫周文王、汉武帝等陵墓,"民众参观者人山人海,道为之塞,……诚可说是民族扫墓也。"

〔4〕 1934年4月11日戴季陶在西安致电中央研究院院长蔡元培、行政院院长汪精卫等,以"培植民德"为由,反对"研究国学科学诸家,……发掘古墓,寻取学术材料",要求政府"通令全国,凡一切公然发墓取物者,无论何种理由,一律依刑律专条严办。"当时曾遭到学术界的强烈反对。同月14日,蔡元培回电,认为对学术团体的发掘活动"不宜泛加禁止",因为这对"恢复千年古史其用大矣"。

〔5〕 八合思巴(1239—1279) 即八思巴,本名罗卓坚参,吐蕃萨斯迦(今西藏自治区日喀则专区萨迦)人。佛教高僧。元中统元年(1260)封为"国师"。按发掘宋陵的是元代江南释教总统(佛教首领)杨琏真迦,据陶宗仪《南村辍耕录·发宋陵寝》记:元至元十五年(1278)十二月,杨琏真伽率徒役在浙江绍兴等地发掘宋代诸皇陵墓,"至断残支体,攫珠襦玉柙,焚其骴,弃骨草莽间",并下令"裒陵骨,杂置牛马枯骼中,筑一塔压之,名曰镇南。"传说当时有儒生唐珏、林德阳分别秘密收拾埋藏宋帝遗骸,明代修复宋陵,并建唐、林祠,文征明作《双义祠记》,称二人为"千古之大义士"。

〔6〕 曹操(155—220) 字孟德,小字阿瞒,沛国谯(今安徽亳县)人,三国时政治家、军事家。他的儿子曹丕称帝后,追尊他为魏武帝。关于设"摸金校尉"事,见汉末陈琳《为袁绍檄豫州》:"又梁孝王,先帝母昆,坟陵尊显;桑梓松柏,犹宜肃恭,而操帅将吏士,亲临发掘,破棺躶尸,掠取金宝,至令圣朝流涕,士民伤怀。操又特置发丘中郎将,摸金校尉,所过隳突,无骸不露。"

〔7〕 曹操造七十二墓事,见宋代罗大经《鹤林玉露》卷十五:"漳河上有七十二冢,相传云曹操疑冢也。"

〔8〕 后之诗人 指宋代俞应符。他在咏曹操诗中说:"生前欺

51

天绝汉统,死后欺人设疑冢;人生用智死即休,何有余机到丘垅。人言疑冢我不疑,我有一法君未知,直须尽发疑冢七十二,必有一冢藏君尸。"(载《南村辍耕录·疑冢》)

〔9〕 后之论者 指明代王士性,他在《豫志》中说:"余谓以操之多智,即七十二冢中,操尸犹不在也。"

〔10〕 邙山 在河南洛阳城北,东汉至唐宋等朝的王侯公卿多葬在那里。这些坟墓历代被人屡次发掘,晋代张载《七哀诗》就说到:"北邙何垒垒,高陵有四五……季世丧乱起,贼盗如豺虎;毁壤过一抔,便房启幽户;珠柙离玉体,珍宝见剽虏。"

〔11〕 志石 古代放在墓中镌有死者事略的石刻。下底上盖,底石刻关于死者生平的铭文,盖石刻"某某之墓"字样,以便后人辨识。

〔12〕 "子路止宿处" 《论语·宪问》中载有"子路宿于石门"的话,后人就在山西平定附近石门的地方建立"子路止宿处"石碑;但据《论语》汉代郑玄注:"石门,鲁城外门也。"

〔13〕 "孔子小天下处" 《孟子·尽心(上)》有"孔子登东山而小鲁,登太山而小天下"的话,后人就在泰山顶上竖立"孔子小天下处"的石碑。

〔14〕 指浙江绍兴城南会稽山麓的禹穴。

〔15〕 文武周公墓,过去相传在陕西咸阳城西北。但唐代萧德言等撰写的《括地志》则说:周文王、武王墓都"在雍州万年县(今陕西临潼渭水北)西南二十八里原上"。并认为在咸阳西北一十四里的是秦惠文王陵,在咸阳西十里的是秦悼武王陵,"俗名周武王陵,非也。"

〔16〕 《洗冤录》 亦名《洗冤集录》,宋代宋慈著,共五卷,是一部关于检验尸体的书。滴血认亲见该书卷一《滴血》:"父母骸骨在他处,子女欲相认,令以身上刺出血滴骨上。亲生者,则血入骨,非则否。"这

一说法不合乎科学。

〔17〕 "非其鬼而祭之,谄也!" 孔子的话,见《论语·为政》。宋代朱熹注:"非其鬼,谓非其所当祭之鬼。"

小品文的生机[1]

崇巽

去年是"幽默"大走鸿运的时候,《论语》[2]以外,也是开口幽默,闭口幽默,这人是幽默家,那人也是幽默家。不料今年就大塌其台,这不对,那又不对,一切罪恶,全归幽默,甚至于比之文场的丑脚。骂幽默竟好像是洗澡,只要来一下,自己就会干净似的了。

倘若真的是"天地大戏场",那么,文场上当然也一定有丑脚——然而也一定有黑头。丑脚唱着丑脚戏,是很平常的,黑头改唱了丑脚戏,那就怪得很,但大戏场上却有时真会有这等事。这就使直心眼人跟着歪心眼人嘲骂,热情人愤怒,脆情人心酸。为的是唱得不内行,不招人笑吗?并不是的,他比真的丑脚还可笑。

那愤怒和心酸,为的是黑头改唱了丑脚之后,事情还没有完。串戏总得有几个脚色:生,旦,末,丑,净,还有黑头。要不然,这戏也唱不久。为了一种原因,黑头只得改唱丑脚的时候,照成例,是一定丑脚倒来改唱黑头的。不但唱工,单是黑头涎脸扮丑脚,丑脚挺胸学黑头,戏场上只见白鼻子的和黑脸孔的丑脚多起来,也就滑天下之大稽。然而,滑稽而已,并非幽默。或人曰:"中国无幽默。"[3]这正是一个注脚。

更可叹的是被谥为"幽默大师"的林先生,竟也在《自由谈》上引了古人之言,曰:"夫饮酒猖狂,或沉寂无闻,亦不过洁身自好耳。今世癫鳖,欲使洁身自好者负亡国之罪,若然则'今日乌合,明日鸟散,今日倒戈,明日凭轼,今日为君子,明日为小人,今日为小人,明日复为君子'之辈可无罪。"[4]虽引据仍不离乎小品,但去"幽默"或"闲适"之道远矣。这又是一个注脚。

但林先生以谓新近各报上之攻击《人间世》[5],是系统的化名的把戏,却是错误的,证据是不同的论旨,不同的作风。其中固然有虽曾附骥,终未登龙的"名人",或扮作黑头,而实是真正的丑脚的打诨,但也有热心人的谠论。世态是这么的纠纷,可见虽是小品,也正有待于分析和攻战的了,这或者倒是《人间世》的一线生机罢。

四月二十六日。

* * *

〔1〕 本篇最初发表于1934年4月30日《申报·自由谈》。

〔2〕 《论语》 文艺性半月刊,林语堂等编,1932年9月在上海创刊,1937年8月停刊。该刊称以登载幽默文字为主。

〔3〕 "中国无幽默" 作者自己也持这种意见,他在《南腔北调集·"论语一年"》中曾说:"幽默在中国是不会有的。"

〔4〕 见林语堂在1934年4月26日《申报·自由谈》发表的《周作人诗读法》。其中所引古人的话,出于明代张萱《复刘冲倩书》(引语中"鸟散"原文作"兽散")。张萱,字孟奇,别号西园,广东博罗人,万历

时官至平越知府。著有《西园存稿》等。

〔5〕《人间世》 小品文半月刊,林语堂主编,1934年4月在上海创刊,1935年12月出至第四十二期停刊。良友图书印刷公司发行。该刊出版后不久,《申报·自由谈》等曾发表文章批评它的所谓"闲适"的作品,林语堂即发表《周作人诗读法》作答,其中说:"近日有人登龙未就,在《人言周刊》、《十日谈》、《矛盾月刊》、《中华日报》及《自由谈》化名投稿,系统的攻击《人间世》;如野狐谈佛,癞鳖谈仙,不欲致辩。"

刀"式"辩[1]

黄　棘

本月六日的《动向》上,登有一篇阿芷[2]先生指明杨昌溪[3]先生的大作《鸭绿江畔》,是和法捷耶夫[4]的《毁灭》相像的文章,其中还举着例证。这恐怕不能说是"英雄所见略同"罢。因为生吞活剥的模样,实在太明显了。

但是,生吞活剥也要有本领,杨先生似乎还差一点。例如《毁灭》的译本,开头是——

"在阶石上锵锵地响着有了损伤的日本指挥刀,莱奋生走到后院去了,……"

而《鸭绿江畔》的开头是——

"当金蕴声走进庭园的时候,他那损伤了的日本式的指挥刀在阶石上噼啪地响着。……"

人名不同了,那是当然的;响声不同了,也没有什么关系,最特别的是他在"日本"之下,加了一个"式"字。这或者也难怪,不是日本人,怎么会挂"日本指挥刀"呢?一定是照日本式样,自己打造的了。

但是,我们再来想一想:莱奋生所带的是袭击队,自然是袭击敌人,但也夺取武器。自己的军器是不完备的,一有所得,便用起来。所以他所挂的正是"日本的指挥刀",并不是

"日本式"。

　　文学家看小说,并且豫备抄袭的,可谓关系密切的了,而尚且如此粗心,岂不可叹也夫!

　　　　　　　　　　　五月七日。

※　　※　　※

　〔1〕　本篇最初发表于1934年5月10日《中华日报·动向》。

　〔2〕　阿芷　即叶紫(1910—1939),湖南益阳人,作家,"左联"成员。他在1934年5月6日《中华日报·动向》上发表的文章是《洋形式的窃取与洋内容的借用》。

　〔3〕　杨昌溪　"民族主义文学"的追随者,他的中篇小说《鸭绿江畔》发表于1933年8月《汗血月刊》第一卷第五期。

　〔4〕　法捷耶夫(А.А.Фадеев,1901—1956)　苏联作家。作品有长篇小说《毁灭》、《青年近卫军》等。《毁灭》由鲁迅译成中文,1931年先由大江书铺出版,译者署名隋洛文,继以"三闲书屋"名义自费重版,译者改署鲁迅。

化 名 新 法[1]

白　道

杜衡和苏汶先生在今年揭破了文坛上的两种秘密,也是坏风气:一种是批评家的圈子,一种是文人的化名。[2]

但他还保留着没有说出的秘密——

圈子中还有一种书店编辑用的橡皮圈子,能大能小,能方能圆,只要是这一家书店出版的书籍,这边一套,"行",那边一套,也"行"。

化名则不但可以变成别一个人,还可以化为一个"社"。这个"社"还能够选文,作论,说道只有某人的作品,"行",某人的创作,也"行"。

例如"中国文艺年鉴社"所编的《中国文艺年鉴》[3]前面的"鸟瞰"。据它的"瞰"法,是:苏汶先生的议论,"行",杜衡先生的创作,也"行"。

但我们在实际上再也寻不着这一个"社"。

查查这"年鉴"的总发行所:现代书局;看看《现代》[4]杂志末一页上的编辑者:施蛰存[5],杜衡。

Oho!

孙行者神通广大,不单会变鸟兽虫鱼,也会变庙宇,眼睛变窗户,嘴巴变庙门,只有尾巴没处安放,就变了一枝旗竿,竖在庙后面。[6]但那有只竖一枝旗竿的庙宇的呢？它的被二郎神看出来的破绽就在此。

"除了万不得已之外"，"我希望"一个文人也不要化为"社"，倘使只为了自吹自捧，那真是"就近又有点卑劣了"。[7]

五月十日。

*　　*　　*

〔1〕 本篇最初发表于1934年5月13日《中华日报·动向》。

〔2〕 杜衡即苏汶。他所说"批评家的圈子"，参看本书《批评家的批评家》一文注〔2〕。他所说"文人的化名"，见1934年5月《现代》月刊第五卷第一期他所发表的《谈文人的假名》。

〔3〕 《中国文艺年鉴》 指1932年上海现代书局出版的《中国文艺年鉴》，杜衡、施蛰存编辑。年鉴卷首的《一九三二年中国文坛鸟瞰》一文，为苏汶鼓吹的"文艺自由论"辩护，同时吹捧杜衡在创作方面对现实主义文学"给了最大的供献"。鲁迅在1934年4月11日致日本增田涉信中曾说："所谓'文艺年鉴社'，实际并不存在，是现代书局的变名。写那篇《鸟瞰》的人是杜衡，一名苏汶，……在那篇《鸟瞰》中，只要与现代书局刊物有关的人，都写得很好，其他的人则多被抹杀。而且还假冒别人文章来吹捧自己。"

〔4〕 《现代》 文艺月刊，施蛰存、杜衡编辑，上海现代书局出版，1932年5月创刊，1935年3月改为综合性月刊，汪馥泉编辑，同年5月出至第六卷第四期停刊。

〔5〕 施蛰存(1905—2003) 浙江杭州人，作家。曾主编《现代》杂志。

〔6〕 孙行者和二郎神斗法,尾巴变成旗竿的故事,见明代吴承恩《西游记》第六回。

〔7〕 苏汶在《谈文人的假名》中曾说:"用笔名无可反对,但我希望除了万不得已之外,每人是用着固定的笔名为妥……"又说:"有一种是为的逃避文责,就近又有点卑劣了。"

读 几 本 书[1]

邓当世

读死书会变成书呆子,甚至于成为书厨,早有人反对过了[2],时光不绝的进行,反读书的思潮也愈加彻底,于是有人来反对读任何一种书。他的根据是叔本华的老话,说是倘读别人的著作,不过是在自己的脑里给作者跑马。[3]

这对于读死书的人们,确是一下当头棒,但为了与其探究,不如跳舞,或者空暴躁,瞎牢骚的天才起见,却也是一句值得绍介的金言。不过要明白:死抱住这句金言的天才,他的脑里却正被叔本华跑了一趟马,踏得一榻胡涂了。

现在是批评家在发牢骚,因为没有较好的作品;创作家也在发牢骚,因为没有正确的批评。张三说李四的作品是象征主义[4],于是李四也自以为是象征主义,读者当然更以为是象征主义。然而怎样是象征主义呢?向来就没有弄分明,只好就用李四的作品为证。所以中国之所谓象征主义,和别国之所谓 Symbolism 是不一样的,虽然前者其实是后者的译语,然而听说梅特林[5]是象征派的作家,于是李四就成为中国的梅特林了。此外中国的法朗士[6],中国的白璧德[7],中国的吉尔波丁[8],中国的高尔基[9]……还多得很。然而真的法朗士他们的作品的译本,在中国却少得很。莫非因为都有了

"国货"的缘故吗?

在中国的文坛上,有几个国货文人的寿命也真太长;而洋货文人的可也真太短,姓名刚刚记熟,据说是已经过去了。易卜生[10]大有出全集之意,但至今不见第三本;柴霍甫[11]和莫泊桑[12]的选集,也似乎走了虎头蛇尾运。但在我们所深恶痛疾的日本,《吉诃德先生》[13]和《一千一夜》[14]是有全译的;沙士比亚[15],歌德[16],……都有全集;托尔斯泰[17]的有三种,陀思妥也夫斯基[18]的有两种。

读死书是害己,一开口就害人;但不读书也并不见得好。至少,譬如要批评托尔斯泰,则他的作品是必得看几本的。自然,现在是国难时期,那有工夫译这些书,看这些书呢,但我所提议的是向着只在暴躁和牢骚的大人物,并非对于正在赴难或"卧薪尝胆"的英雄。因为有些人物,是即使不读书,也不过玩着,并不去赴难的。

五月十四日。

* * *

〔1〕 本篇最初发表于1934年5月18日《申报·自由谈》。

〔2〕 书厨 《南史·陆澄传》:"读《易》三年,不解文义,欲撰《宋书》,竟不成。王俭戏之曰:'陆公,书厨也。'"清代叶燮《原诗·内篇下》:"且夫胸中无识之人,即终日勤于学,而亦无益。俗谚谓为'两脚书厨'。记诵日多,多益为累。"

〔3〕 上海《人言》周刊第一卷第十期(1934年4月21日)载有胡雁的《谈读书》一文,先引叔本华"脑子里给别人跑马"的话,然后说

"看过一本书,是让人跑过一次马,看的书越多,脑子便变成跑马场,处处是别人的马的跑道,……我想,书大可不必读。"按叔本华在《读书和书籍》等文中,反对读书,认为"读书时,我们的脑已非自己的活动地。这是别人的思想的战场了",主张"由自己思想得来真理"。

〔4〕 象征主义 十九世纪末叶在法国兴起的一种文艺思潮和流派。认为事物都有与之相对应的意念和含义,强调作家应发掘这些隐藏在事物背后的含意,用恍惚的语言和物象形成暗示性"意象"(即象征),使读者领悟其中的深意。其作品多有神秘感。

〔5〕 梅特林(M. Maeterlinck,1862—1949) 通译梅特林克,比利时剧作家,象征主义戏剧的代表。主要作品有剧本《青鸟》等。

〔6〕 法朗士(A. France,1844—1924) 法国作家。主要作品有长篇小说《波纳尔之罪》、《黛依丝》及《企鹅岛》等。

〔7〕 白璧德(I. Babbitt,1865—1933) 美国近代新人文主义运动的领导者之一。著有《新拉奥孔》、《卢梭与浪漫主义》、《民主和领导》等。

〔8〕 吉尔波丁(В. Я. Кирпотин) 苏联文艺批评家。著有《俄国马克思列宁主义的思想先驱》等。

〔9〕 高尔基(М. Горький,1868—1936) 苏联作家。主要作品有长篇小说《福玛·高尔捷耶夫》、《母亲》和自传体三部曲《童年》、《在人间》、《我的大学》等。

〔10〕 易卜生(H. Ibsen,1828—1906) 挪威剧作家。主要作品有《玩偶之家》、《国民公敌》、《群鬼》等。当时上海商务印书馆曾出版潘家洵译的《易卜生集》,只出两册。

〔11〕 柴霍甫(А. П. Чехов,1860—1904) 通译契诃夫,俄国作家。主要作品有《三姊妹》、《樱桃园》等剧本和《变色龙》、《套中人》等大量的短篇小说。当时开明书店曾出版赵景深译的《柴霍甫短篇杰作

集》八册。

〔12〕 莫泊桑(G. de Maupassant, 1850—1893) 法国作家。主要作品有长篇小说《一生》、《漂亮的朋友》以及短篇小说《羊脂球》等。当时商务印书馆曾出版李青崖译的《莫泊桑短篇小说集》三册。

〔13〕 《吉诃德先生》 通译《堂吉诃德》，十六世纪西班牙作家塞万提斯的长篇小说。

〔14〕 《一千一夜》 即《一千零一夜》，阿拉伯古代民间故事集。

〔15〕 沙士比亚(W. Shakespeare, 1564—1616) 欧洲文艺复兴时期英国戏剧家、诗人。主要作品有剧本《仲夏夜之梦》、《罗密欧与朱丽叶》、《哈姆雷特》等三十七种。

〔16〕 歌德(J. W. von Goethe, 1749—1832) 德国诗人和学者。主要作品有诗剧《浮士德》和小说《少年维特之烦恼》等。

〔17〕 托尔斯泰(Л. Н. Толстой, 1828—1910) 俄国作家。主要作品有长篇小说《战争与和平》、《安娜·卡列尼娜》、《复活》等。

〔18〕 陀思妥也夫斯基(Ф. М. Достоевский, 1821—1881) 俄国作家。主要作品有长篇小说《穷人》、《被侮辱与被损害的》、《罪与罚》等。

一思而行[1]

曼雪

只要并不是靠这来解决国政,布置战争,在朋友之间,说几句幽默,彼此莞尔而笑,我看是无关大体的。就是革命专家,有时也要负手散步;理学先生[2]总不免有儿女,在证明着他并非日日夜夜,道貌永远的俨然。小品文大约在将来也还可以存在于文坛,只是以"闲适"为主[3],却稍嫌不够。

人间世事,恨和尚往往就恨袈裟。幽默和小品的开初,人们何尝有贰话。然而轰的一声,天下无不幽默和小品,幽默那有这许多,于是幽默就是滑稽,滑稽就是说笑话,说笑话就是讽刺,讽刺就是漫骂。油腔滑调,幽默也;"天朗气清"[4],小品也;看郑板桥《道情》一遍,谈幽默十天,买袁中郎尺牍半本,作小品一卷。[5]有些人既有以此起家之势,势必有想反此以名世之人,于是轰然一声,天下又无不骂幽默和小品。其实,则趁队起哄之士,今年也和去年一样,数不在少的。

手拿黑漆皮灯笼,彼此都莫名其妙。总之,一个名词归化中国,不久就弄成一团糟。伟人,先前是算好称呼的,现在则受之者已等于被骂;学者和教授,前两三年还是干净的名称;自爱者闻文学家之称而逃,今年已经开始了第一步。但是,世界上真的没有实在的伟人,实在的学者和教授,实在的文学家吗？并不然，只有中国是例外。

假使有一个人，在路旁吐一口唾沫，自己蹲下去，看着，不久准可以围满一堆人；又假使又有一个人，无端大叫一声，拔步便跑，同时准可以大家都逃散。真不知是"何所闻而来，何所见而去"〔6〕，然而又心怀不满，骂他的莫名其妙的对象曰"妈的"！但是，那吐唾沫和大叫一声的人，归根结蒂还是大人物。当然，沉着切实的人们是有的。不过伟人等等之名之被尊视或鄙弃，大抵总只是做唾沫的替代品而已。

社会仗这添些热闹，是值得感谢的。但在乌合之前想一想，在云散之前也想一想，社会未必就冷静了，可是还要像样一点点。

五月十四日。

*　　*　　*

〔1〕 本篇最初发表于 1934 年 5 月 17 日《申报·自由谈》。

〔2〕 理学先生　理学又称道学，是宋代周敦颐、程颢、程颐、朱熹等人阐释儒家学说而形成的唯心主义思想体系。它认为"理"是宇宙的本体，把"三纲五常"等封建伦理道德说成是"天理"，提出"存天理，灭人欲"的主张。信奉和宣传这种学说的人被称为理学先生。

〔3〕 指林语堂关于小品文的主张，见《人间世》半月刊第一期（1934 年 4 月）的《发刊词》："盖小品文……以闲适为格调。"

〔4〕 "天朗气清"　语出东晋王羲之《兰亭集序》："是日也，天朗气清，惠风和畅。"

〔5〕 郑板桥（1693—1765）　名燮，字克柔，号板桥，江苏兴化

人。清代文人和画家。郑板桥作有近似游戏笔墨的道情《老渔翁》等十首。道情原是道士唱的歌曲,后来演变为一种民间曲调。袁中郎,即袁宏道(1568—1610),字中郎,湖广公安(今属湖北)人,明代文学家。他和兄宗道、弟中道,反对文学上的复古倾向,主张"独抒性灵,不拘格套"。袁宏道的作品以小品散文著称。三十年代时,林语堂等在其所办刊物《论语》、《人间世》上极力推崇袁中郎、郑板桥等人的文章。当时上海时代图书公司出版过林语堂校阅的《袁中郎全集》,上海南强书局出版过《袁中郎尺牍全稿》。

〔6〕 "何所闻而来,何所见而去" 语出《世说新语·简傲》,是三国时魏文学家嵇康对来访的钟会表示简慢的话。又见《晋书·嵇康传》:钟会造访嵇康,康正在打铁,不予理睬,"良久会去,康谓曰:'何所闻而来,何所见而去。'会曰:'闻所闻而来,见所见而去。'"

推己及人[1]

梦　文

忘了几年以前了,有一位诗人开导我,说是愚众的舆论,能将天才骂死,例如英国的济慈[2]就是。我相信了。去年看见几位名作家的文章,说是批评家的漫骂,能将好作品骂得缩回去,使文坛荒凉冷落。[3]自然,我也相信了。

我也是一个想做作家的人,而且觉得自己也确是一个作家,但还没有获得挨骂的资格,因为我未曾写过创作。并非缩回去,是还没有钻出来。这钻不出来的原因,我想是一定为了我的女人和两个孩子的吵闹,她们也如漫骂批评家一样,职务是在毁灭真天才,吓退好作品的。

幸喜今年正月,我的丈母要见见她的女儿了,她们三个就都回到乡下去。我真是耳目清静,猗欤休哉,到了产生伟大作品的时代。可是不幸得很,现在已是废历四月初,足足静了三个月了,还是一点也写不出什么来。假使有朋友问起我的成绩,叫我怎么回答呢?还能归罪于她们的吵闹吗?

于是乎我的信心有些动摇。

我疑心我本不会有什么好作品,和她们的吵闹与否无关。而且我又疑心到所谓名作家也未必会有什么好作品,和批评家的漫骂与否无涉。

69

不过，如果有人吵闹，有人漫骂，倒可以给作家的没有作品遮羞，说是本来是要有的，现在给他们闹坏了。他于是就像一个落难小生，纵使并无作品，也能从看客赢得一掬一掬的同情之泪。

假使世界上真有天才，那么，漫骂的批评，于他是有损的，能骂退他的作品，使他不成其为作家。然而所谓漫骂的批评，于庸才是有益的，能保持其为作家，不过据说是吓退了他的作品。

在这三足月里，我仅仅有了一点"烟士披离纯"，是套罗兰夫人[4]的腔调的："批评批评，世间多少作家，借汝之骂以存！"

五月十四日。

* * *

〔1〕 本篇最初发表于1934年5月18日《中华日报·动向》。

〔2〕 济慈（J. Keats，1795—1821） 英国诗人。主要作品有长诗《恩底弥翁》，抒情诗《希腊古瓮颂》、《夜莺颂》等。他的《恩底弥翁》于1818年出版后，由于诗中的民主主义思想和反古典主义倾向，受到保守派批评家的攻击。1820年，他因肺病恶化到意大利疗养，次年去世。他的朋友——英国诗人拜伦在长诗《唐璜》第十一歌中写道："济慈被一篇批评杀死了，正当他可望写出伟大的作品。"

〔3〕 苏汶在1932年10月《现代》第一卷第六期发表的《"第三种人"的出路》一文中说："左翼指导理论家们不管三七念一地把资产阶级这个恶名称加到他们头上去"，使得一部分作家"永远地沉默，长期地

搁笔"。高明在1933年12月《现代》第四卷第二期发表的《关于批评》一文,也攻击批评家是"荒僻地带惯常遇见的暴徒!他们对文艺所做的,不是培植,而是压杀。"

〔4〕 罗兰夫人(Madame Roland,1754—1793) 十八世纪法国大革命时,攫取政权的吉伦特派政府内政部长罗兰的妻子。她曾参与决定吉伦特派的政策。1793年5月雅各宾派掌权后,罗兰夫人于同年11月被处死刑。梁启超的《罗兰夫人传》中,曾记她临死时对断头台旁的自由神像说:"自由自由,天下古今几多之罪恶,假汝之名以行!"

偶　　感[1]

公　汗

还记得东三省沦亡,上海打仗的时候,在只闻炮声,不愁炮弹的马路上,处处卖着《推背图》,这可见人们早想归失败之故于前定了。三年以后,华北华南,同濒危急,而上海却出现了"碟仙"[2]。前者所关心的还是国运,后者却只在问试题,奖券,亡魂。着眼的大小,固已迥不相同,而名目则更加冠冕,因为这"灵乩"是中国的"留德学生白同君所发明",合于"科学"的。

"科学救国"已经叫了近十年,谁都知道这是很对的,并非"跳舞救国""拜佛救国"之比。青年出国去学科学者有之,博士学了科学回国者有之。不料中国究竟自有其文明,与日本是两样的,科学不但并不足以补中国文化之不足,却更加证明了中国文化之高深。风水,是合于地理学的,门阀,是合于优生学的,炼丹,是合于化学的,放风筝,是合于卫生学的。"灵乩"的合于"科学",亦不过其一而已。

五四时代,陈大齐[3]先生曾作论揭发过扶乩的骗人,隔了十六年,白同先生却用碟子证明了扶乩的合理,这真叫人从那里说起。

而且科学不但更加证明了中国文化的高深,还帮助了中国文化的光大。马将桌边，电灯替代了蜡烛，法会坛上，镁光照出了喇嘛[4]，无线电播音所日日传播的，不往往是《狸猫换太子》，《玉堂春》，《谢谢毛毛雨》[5]吗？

老子曰："为之斗斛以量之，则并与斗斛而窃之。"[6]罗兰夫人曰："自由自由，多少罪恶，假汝之名以行！"每一新制度，新学术，新名词，传入中国，便如落在黑色染缸，立刻乌黑一团，化为济私助焰之具，科学，亦不过其一而已。

此弊不去，中国是无药可救的。

五月二十日。

*　　*　　*

〔1〕 本篇最初发表于1934年5月25日《申报·自由谈》。

〔2〕 "碟仙" 当时出现的一种迷信扶乩活动，上海曾流传"香港科学游艺社"制造发售的"科学灵乩图"，图上印有"留德白同经多年研究所发明，纯用科学方法构就，丝毫不带迷信作用"等字句。

〔3〕 陈大齐（1887—1983） 字百年，浙江海盐人，曾任北京大学哲学系教授。1918年5月，他在《新青年》第四卷第五号发表《辟"灵学"》一文，对当时上海出现的以"灵学"为招牌的设坛扶乩迷信活动，进行过揭露和抨击。

〔4〕 当时举办的时轮金刚法会上，班禅喇嘛诵经作法时，有摄影师在佛殿内使用镁光灯照明。

〔5〕《狸猫换太子》 据小说《三侠五义》有关李宸妃的情节改编的京剧，剧情是：宋真宗无子，刘、李二妃皆怀孕，刘妃为争当皇后，与太监密谋，在李妃生子时，用一只剥皮的狸猫将小孩换下来。《玉堂春》，据《警世通言·玉堂春落难逢夫》改编的京剧，说名妓苏三（玉堂

春)受诬入狱,后与当了巡按的旧相好王金龙重逢的故事。《谢谢毛毛雨》,三十年代黎锦晖作的流行歌曲。

〔6〕 "为之斗斛以量之,则并与斗斛而窃之。" 庄子的话,见《庄子·胠箧》。斗和斛都是量器,古代十斗为一斛。

论秦理斋夫人事[1]

公 汗

这几年来，报章上常见有因经济的压迫，礼教的制裁而自杀的记事，但为了这些，便来开口或动笔的人是很少的。只有新近秦理斋夫人[2]及其子女一家四口的自杀，却起过不少的回声，后来还出了一个怀着这一段新闻记事的自杀者[3]，更可见其影响之大了。我想，这是因为人数多。单独的自杀，盖已不足以招大家的青睐了。

一切回声中，对于这自杀的主谋者——秦夫人，虽然也加以恕辞；但归结却无非是诛伐。因为——评论家说——社会虽然黑暗，但人生的第一责任是生存，倘自杀，便是失职，第二责任是受苦，倘自杀，便是偷安。进步的评论家则说人生是战斗，自杀者就是逃兵，虽死也不足以蔽其罪。这自然也说得下去的，然而未免太笼统。

人间有犯罪学者，一派说，由于环境；一派说，由于个人。现在盛行的是后一说，因为倘信前一派，则消灭罪犯，便得改造环境，事情就麻烦，可怕了。而秦夫人自杀的批判者，则是大抵属于后一派。

诚然，既然自杀了，这就证明了她是一个弱者。但是，怎么会弱的呢？要紧的是我们须看看她的尊翁的信札[4]，为了要她回去,既耸之以两家的名声,又动之以亡人的乩语。我们还得看看她的令弟的挽联:"妻殉夫,子殉母……"不是大有视为千古美谈之意吗?以生长及陶冶在这样的家庭中的人,又怎么能不成为弱者?我们固然未始不可责以奋斗,但黑暗的吞噬之力,往往胜于孤军,况且自杀的批判者未必就是战斗的应援者,当他人奋斗时,挣扎时,败绩时,也许倒是鸦雀无声了。穷乡僻壤或都会中,孤儿寡妇,贫女劳人之顺命而死,或虽然抗命,而终于不得不死者何限,但曾经上谁的口,动谁的心呢?真是"自经于沟渎而莫之知也"〔5〕!

人固然应该生存,但为的是进化;也不妨受苦,但为的是解除将来的一切苦;更应该战斗,但为的是改革。责别人的自杀者,一面责人,一面正也应该向驱人于自杀之途的环境挑战,进攻。倘使对于黑暗的主力,不置一辞,不发一矢,而但向"弱者"唠叨不已,则纵使他如何义形于色,我也不能不说——我真也忍不住了——他其实乃是杀人者的帮凶而已。

五月二十四日。

* * *

〔1〕 本篇最初发表于1934年6月1日《申报·自由谈》。

〔2〕 秦理斋夫人 姓龚名尹霞,《申报》馆英文译员秦理斋之妻。1934年2月25日秦理斋在上海病逝后,住在无锡的秦的父亲要她回乡,她为了子女在沪读书等原因不能回去,在受到秦父多次严厉催迫后,5月5日她和女儿希荪、儿子端、珏四人一同服毒自杀。

〔3〕 据《申报》1934年5月22日载:上海福华药房店员陈同福

于5月20日因经济困难自杀,在他身边发现有从报纸上剪下的关于秦理斋夫人自杀的新闻一纸。

〔4〕 秦理斋的父亲秦平甫,在4月11日写给龚尹霞的信上说:"汝叔翁在申扶乩,理斋降临,要金钱要棉衣;并云眷属不必居沪,当立时回锡。"又说:"尊府家法之美,同里称颂……即令堂太夫人之德冠女宗,亦无非以含弘为宗旨;施诸己而不愿亦勿施于人。汝望善体此意,为贤妇为佳女;沪事及早收束,遵理斋之冥示,早日回锡。"

〔5〕 "自经于沟渎而莫之知也" 语出《论语·宪问》:"岂若匹夫匹妇之为谅也,自经于沟渎而莫之知也?"谅,固执成见;自经,即自缢。

"……""□□□□"论补[1]

曼 雪

徐訏[2]先生在《人间世》上,发表了这样的题目的论。对于此道,我没有那么深造,但"愚者千虑,必有一得"[3],所以想来补一点,自然,浅薄是浅薄得多了。

"……"是洋货,五四运动之后这才输入的。先前林琴南先生译小说时,夹注着"此语未完"的,便是这东西的翻译。在洋书上,普通用六点,吝啬的却只用三点。然而中国是"地大物博"的,同化之际,就渐渐的长起来,九点,十二点,以至几十点;有一种大作家,则简直至少点上三四行,以见其中的奥义,无穷无尽,实在不可以言语形容。读者也大抵这样想,有敢说觉不出其中的奥义的罢,那便是低能儿。

然而归根结蒂,也好像终于是安徒生[4]童话里的"皇帝的新衣",其实是一无所有;不过须是孩子,才会照实的大声说出来。孩子不会看文学家的"创作",于是在中国就没有人来道破。但天气是要冷的,光着身子不能整年在路上走,到底也得躲进宫里去,连点几行的妙文,近来也不大看见了。

"□□"是国货,《穆天子传》[5]上就有这玩意儿,先生教我说:是阙文。这阙文也闹过事,曾有人说"口生垢,口戕口"[6]的三个口字,也是阙文,又给谁大骂了一顿。不过先前是只见于古人的著作里的，无法可补，现在却见于今人的著作上了，欲补不能。到目前，则渐有代以"××"的趋势。这是从日本输入的。这东西多，对于这著作的内容，我们便预觉其激烈。但是，其实有时也并不然。胡乱×它几行，印了出来，固可使读者佩服作家之激烈，恨检查员之峻严，但送检之际，却又可使检查员爱他的顺从，许多话都不敢说，只×得这么起劲。一举两得，比点它几行更加巧妙了。中国正在排日，这一条锦囊妙计，或者不至于模仿的罢。

现在是什么东西都要用钱买，自然也就都可以卖钱。但连"没有东西"也可以卖钱，却未免有些出乎意表。不过，知道了这事以后，便明白造谣为业，在现在也还要算是"货真价实，童叟无欺"的生活了。

五月二十四日。

*　　*　　*

〔1〕　本篇最初发表于1934年5月26日《申报·自由谈》。

〔2〕　徐訏（1908—1980）　浙江慈溪人，作家。当时在上海编辑《人间世》、《论语》等刊物。他的《"……""□□□□"论》一文，发表于1934年5月20日《人间世》第四期。

〔3〕　"愚者千虑，必有一得"　语出《史记·淮阴侯列传》："智者千虑必有一失，愚者千虑必有一得。"

〔4〕　安徒生（H. C. Andersen, 1805—1875）　丹麦童话作家。《皇帝的新衣》是其名作之一，取材于西班牙民间故事，说有两个骗子，自称用他们织成的最美丽的布缝制的衣服，"任何不称职或愚蠢的人都

看不见"。他们其实没有这种"布",却欺骗皇帝,让他脱下衣服,假装给他穿上这种不存在的"新衣"。皇帝及周围臣民怕别人说自己不称职或愚蠢,都不敢说出真相。最后,一个小孩子天真地说穿了:"可是他什么衣服也没有呀!"

〔5〕《穆天子传》 晋代从战国时魏襄王墓中发现的先秦古书之一,共六卷。原本是竹简,后因竹简文字剥落,从竹简古文改写楷书时有难辨之处,用口号代替缺文,所以书中多口,如卷二:"仍献白玉口只角之一口三,可以口沐,乃进食口酒姑劓九口。"

〔6〕"口生垢,口戕口" 《大戴礼记·武王践阼》中的句子。"垢"当作"诟"。《大戴礼记》北周卢辩注:"诟,耻也。"清代周元亮、钱尔弢都说这几个"口":"乃古方空圈,盖缺文也;今作口字解,大误。"清代经学家王应奎持不同看法,在《柳南随笔》卷一中说:"近予见宋板《大戴礼》,乃秦景旸阅本,口字并非方空圈。景旸讳四麟,系前代邑中藏书家,校订颇精审可据,冯嗣宗《先贤事略》中称之。观此,则周、钱两公之言殆非也。"

谁在没落?[1]

常　庚

五月二十八日的《大晚报》告诉了我们一件文艺上的重要的新闻：

"我国美术名家刘海粟徐悲鸿[2]等，近在苏俄莫斯科举行中国书画展览会，深得彼邦人士极力赞美，揄扬我国之书画名作，切合苏俄正在盛行之象征主义作品。爰苏俄艺术界向分写实与象征两派，现写实主义已渐没落，而象征主义则经朝野一致提倡，引成欣欣向荣之概。自彼邦艺术家见我国之书画作品深合象征派后，即忆及中国戏剧亦必采取象征主义。因拟……邀中国戏曲名家梅兰芳等前往奏艺。此事已由俄方与中国驻俄大使馆接洽，同时苏俄驻华大使鲍格莫洛夫亦奉到训令，与我方商洽此事。……"

这是一个喜讯，值得我们高兴的。但我们当欣喜于"发扬国光"[3]之后，还应该沉静一下，想到以下的事实——

一，倘说：中国画和印象主义[4]有一脉相通，那倒还说得下去的，现在以为"切合苏俄正在盛行之象征主义"，却未免近于梦话。半枝紫藤，一株松树，一个老虎，几匹麻雀，有些确乎是不像真的，但那是因为画不像的缘故，何尝"象征"着别的什么呢？

二，苏俄的象征主义的没落，在十月革命时，以后便崛起了构成主义[5]，而此后又渐为写实主义所排去。所以倘说：构成主义已渐没落，而写实主义"引成欣欣向荣之概"，那是说得下去的。不然，便是梦话。苏俄文艺界上，象征主义的作品有些什么呀？

三，脸谱和手势，是代数，何尝是象征。它除了白鼻梁表丑脚，花脸表强人，执鞭表骑马，推手表开门之外，那里还有什么说不出，做不出的深意义？

欧洲离我们也真远，我们对于那边的文艺情形也真的不大分明，但是，现在二十世纪已经度过了三分之一，粗浅的事是知道一点的了，这样的新闻倒令人觉得是"象征主义作品"，它象征着他们的艺术的消亡。

五月三十日。

* * *

〔1〕 本篇最初发表于1934年6月2日《中华日报·动向》。

〔2〕 刘海粟（1896—1994） 江苏武进人，画家。徐悲鸿（1895—1953），江苏宜兴人，画家。1934年他们先后赴欧洲参加中国画展。

〔3〕 "发扬国光" 这也是上引《大晚报》题为《梅兰芳赴苏俄》新闻中的话。

〔4〕 印象主义 十九世纪后半期在欧洲（最早在法国）兴起的一种文艺思潮。主要表现在绘画上，强调表现艺术家瞬间的主观印象，

注重色彩光线,不拘泥于对客观事物的忠实描绘。这种思潮后来影响到文学、音乐、雕刻等各方面。

〔5〕 构成主义 也叫结构主义,现代西方艺术流派之一。源于立方主义,排斥艺术的思想性、形象性和民族传统,以长方形、圆形和直线等构成抽象的造型。十月革命后不久,一些苏联艺术家曾张扬"构成主义",1924年组织"构成主义者文学中心",至1930年解体。

倒　　提[1]

公　汗

西洋的慈善家是怕看虐待动物的,倒提着鸡鸭走过租界就要办。[2]所谓办,虽然也不过是罚钱,只要舍得出钱,也还可以倒提一下,然而究竟是办了。于是有几位华人便大鸣不平,以为西洋人优待动物,虐待华人,至于比不上鸡鸭。

这其实是误解了西洋人。他们鄙夷我们,是的确的,但并未放在动物之下。自然,鸡鸭这东西,无论如何,总不过送进厨房,做成大菜而已,即顺提也何补于归根结蒂的运命。然而它不能言语,不会抵抗,又何必加以无益的虐待呢? 西洋人是什么都讲有益的。我们的古人,人民的"倒悬"[3]之苦是想到的了,而且也实在形容得切帖,不过还没有察出鸡鸭的倒提之灾来,然而对于什么"生剖驴肉""活烤鹅掌"[4]这些无聊的残虐,却早经在文章里加以攻击了。这种心思,是东西之所同具的。

但对于人的心思,却似乎有些不同。人能组织,能反抗,能为奴,也能为主,不肯努力,固然可以永沦为舆台[5],自由解放,便能够获得彼此的平等,那运命是并不一定终于送进厨房,做成大菜的。愈下劣者,愈得主人的爱怜,所以西崽[6]打叭儿,则西崽被斥,平人忤西崽,则平人获咎,租界上并无禁止苛待华人的规律，正因为我们该自有力量，自有本领，和鸡鸭绝不相同的缘故。

然而我们从古典里，听熟了仁人义士，来解倒悬的胡说了，直到现在，还不免总在想从天上或什么高处远处掉下一点恩典来，其甚者竟以为"莫作乱离人，宁为太平犬"[7]，不妨变狗，而合群改革是不肯的。自叹不如租界的鸡鸭者，也正有这气味。

这类的人物一多，倒是大家要被倒悬的，而且虽在送往厨房的时候，也无人暂时解救。这就因为我们究竟是人，然而是没出息的人的缘故。

六月三日。

【附录】：

论"花边文学" 林 默

近来有一种文章，四周围着花边，从一些副刊上出现。这文章，每天一段，雍容闲适，缜密整齐，看外形似乎是"杂感"，但又像"格言"，内容却不痛不痒，毫无着落。似乎是小品或语录一类的东西。今天一则"偶感"，明天一段"据说"，从作者看来，自然是好文章，因为翻来复去，都成了道理，颇尽了八股的能事的。但从读者看，虽然不痛不痒，却往往渗有毒汁，散布了妖言。譬如甘地被刺，就起来作一篇"偶感"，颂扬一番"摩哈达麻"，咒骂几通暴徒作乱，为圣雄出气禳灾，顺便也向读者宣讲一些"看定一切"，"勇武和平"的不抵抗说教之类。这种文章无以名之,且名之曰"花边体"或"花边文学"罢。

这花边体的来源,大抵是走入鸟道以后的小品文变种。据这种小品文的拥护者说是会要流传下去的(见《人间世》:《关于小品文》)。我们且来看看他们的流传之道罢。六月念八日《申报》《自由谈》载有这样一篇文章,题目叫《倒提》。大意说西洋人禁止倒提鸡鸭,华人颇有鸣不平的,因为西洋人虐待华人,至于比不上鸡鸭。

于是这位花边文学家发议论了,他说:"这其实是误解了西洋人。他们鄙夷我们是的确的,但并未放在动物之下。"

为什么"并未"呢?据说是"人能组织,能反抗,……自有力量,自有本领,和鸡鸭绝不相同的缘故。"所以租界上没有禁止苛待华人的规律。不禁止虐待华人,当然就是把华人看在鸡鸭之上了。

倘要不平么,为什么不反抗呢?

而这些不平之士,据花边文学家从古典里得来的证明,断为"不妨变狗"之辈,没有出息的。

这意思极明白,第一是西洋人并未把华人放在鸡鸭之下,自叹不如鸡鸭的人,是误解了西洋人。第二是受了西洋人这种优待,不应该再鸣不平。第三是他虽也正面的承认人是能反抗的,叫人反抗,但他实在是说明西洋人为尊重华人起见,这虐待倒不可少,而且大可进一步。第四,倘有人要不平,他能从"古典"来证明这是华人没有出息。

上海的洋行，有一种帮洋人经营生意的华人，通称叫"买办"，他们和同胞做起生意来，除开夸说洋货如何比国货好，外国人如何讲礼节信用，中国人是猪猡，该被淘汰以外，还有一个特点，是口称洋人曰："我们的东家"。我想这一篇《倒提》的杰作，看他的口气，大抵不出于这般人为他们的东家而作的手笔。因为第一，这般人是常以了解西洋人自夸的，西洋人待他很客气；第二，他们往往赞成西洋人（也就是他们的东家）统治中国，虐待华人，因为中国人是猪猡；第三，他们最反对中国人怀恨西洋人。抱不平，从他们看来，更是危险思想。

　　从这般人或希望升为这般人的笔下产出来的就成了这篇"花边文学"的杰作。但所可惜是不论这种文人，或这种文字，代西洋人如何辩护说教，中国人的不平，是不可免的。因为西洋人虽然不曾把中国放在鸡鸭之下，但事实上也似乎并未放在鸡鸭之上。香港的差役把中国犯人倒提着从二楼摔下来，已是久远的事；近之如上海，去年的高丫头，今年的蔡洋其辈，他们的遭遇，并不胜过于鸡鸭，而死伤之惨烈有过而无不及。这些事实我辈华人是看得清清楚楚，不会转背就忘却的，花边文学家的嘴和笔怎能朦混过去呢？

　　抱不平的华人果真如花边文学家的"古典"证明，一律没有出息的么？倒也不的。我们的古典里，不是有九年前的五卅运动，两年前的一二八战争，至今还在艰苦支持的东北义勇军么？谁能说这些不是由于华人的不平之气聚集而成的勇敢的战斗和反抗呢?

"花边体"文章赖以流传的长处都在这里。如今虽然在流传着,为某些人们所拥护。但相去不远,就将有人来唾弃他的。现在是建设"大众语"文学的时候,我想"花边文学",不论这种形式或内容,在大众的眼中,将有流传不下去的一天罢。

这篇文章投了好几个地方,都被拒绝。莫非这文章又犯了要报私仇的嫌疑么?但这"授意"却没有的。就事论事,我觉得实有一吐的必要。文中过火之处,或者有之,但说我完全错了,却不能承认。倘得罪的是我的先辈或友人,那就请谅解这一点。

笔者附识。

七月三日《大晚报》《火炬》。

* * *

〔1〕 本篇最初发表于1934年6月28日《申报·自由谈》。

〔2〕 当时上海公共租界工部局有不许倒提鸡鸭在路上走,违者即拘入捕房罚款的规定。这里所说西洋的慈善家,指当时上海外侨中"西人救牲会"的组织。

〔3〕 "倒悬" 语出《孟子·公孙丑(上)》:"当今之时,万乘之国行仁政,民之悦之,犹解倒悬也。"

〔4〕 "生剥驴肉" 据清代钱泳《履园丛话》卷十七:"山西省城外,有晋祠地方……有酒馆……曰驴香馆。其法以草驴一头,养得极

肥,先醉以酒,满身排打。欲割其肉,先钉四桩,将足捆住;而以木一根横于背,系其头尾,使不得动。初以百滚汤沃其身,将毛刮尽,再以快刀零割。要食前后腿,或肚当,或背脊,或头尾肉,各随客便;当客下箸时,其驴尚未死绝也。"活烤鹅掌,据清代顾公燮《消夏闲记摘抄》卷上:"云间叶映榴好食鹅掌。以鹅置铁楞上,漫火烤炙;鹅跳唬不已,以酱油醋饮之。少焉鹅毙,仅存皮骨,掌大如扇,味美无伦。"又唐代张鷟《朝野佥载》卷二也记载过活烤鹅鸭和活烤驴的残虐食法。

〔5〕 舆台　是古代奴隶中两个等级的名称,后泛指被奴役的人。

〔6〕 西崽　旧时对西洋人雇用的中国男仆的蔑称。

〔7〕 "莫作乱离人,宁为太平犬"　元代施惠《幽闺记》:"宁为太平犬,莫作乱离人。"

玩　具[1]

宓　子　章

今年是儿童年[2]。我记得的,所以时常看看造给儿童的玩具。

马路旁边的洋货店里挂着零星小物件,纸上标明,是从法国运来的,但我在日本的玩具店看见一样的货色,只是价钱更便宜。在担子上,在小摊上,都卖着渐吹渐大的橡皮泡,上面打着一个印子道:"完全国货",可见是中国自己制造的了。然而日本孩子玩着的橡皮泡上,也有同样的印子,那却应该是他们自己制造的。

大公司里则有武器的玩具:指挥刀,机关枪,坦克车……。然而,虽是有钱人家的小孩,拿着玩的也少见。公园里面,外国孩子聚沙成为圆堆,横插上两条短树干,这明明是在创造铁甲炮车了,而中国孩子是青白的,瘦瘦的脸,躲在大人的背后,羞怯的,惊异的看着,身上穿着一件斯文之极的长衫。

我们中国是大人用的玩具多:姨太太,雅片枪,麻雀牌,《毛毛雨》,科学灵乩,金刚法会,还有别的,忙个不了,没有工夫想到孩子身上去了。虽是儿童年,虽是前年身历了战祸,也没有因此给儿童创出一种纪念的小玩意,一切都是照样抄。然则明年不是儿童年了,那情形就可想。

但是，江北人却是制造玩具的天才。他们用两个长短不同的竹筒，染成红绿，连作一排，筒内藏一个弹簧，旁边有一个把手，摇起来就格格的响。这就是机关枪！也是我所见的惟一的创作。我在租界边上买了一个，和孩子摇着在路上走，文明的西洋人和胜利的日本人看见了，大抵投给我们一个鄙夷或悲悯的苦笑。

然而我们摇着在路上走，毫不愧怍，因为这是创作。前年以来，很有些人骂着江北人[3]，好像非此不足以自显其高洁，现在沉默了，那高洁也就渺渺然，茫茫然。而江北人却创造了粗笨的机枪玩具，以坚强的自信和质朴的才能与文明的玩具争。他们，我以为是比从外国买了极新式的武器回来的人物，更其值得赞颂的，虽然也许又有人会因此给我一个鄙夷或悲悯的冷笑。

六月十一日。

＊　　　＊　　　＊

〔1〕　本篇最初发表于1934年6月14日《申报·自由谈》。

〔2〕　儿童年　1933年10月，中华慈幼协会曾根据上海儿童幸福委员会的提议，呈请国民党政府定1934年为儿童年。后来国民党政府于1934年3月发出"训令"，改定1935年为儿童年。但上海市儿童幸福委员会经上海市政府批准，仍单独定1934年为儿童年。

〔3〕　江北人　这里的江北指江苏境内长江以北，淮河以南一带。1932年一·二八战争后，日军占领闸北，利用汉奸组织了"上海北市地方人民维持会"，为非作歹。该会头目胡立夫等多为江北人，因此引起当时一般群众对江北人的恶感。

零　食[1]

莫　朕

出版界的现状,期刊多而专书少,使有心人发愁,小品多而大作少,又使有心人发愁。人而有心,真要"日坐愁城"了。

但是,这情形是由来已久的,现在不过略有变迁,更加显著而已。

上海的居民,原就喜欢吃零食。假使留心一听,则屋外叫卖零食者,总是"实繁有徒"[2]。桂花白糖伦教糕[3],猪油白糖莲心粥,虾肉馄饨面,芝麻香蕉,南洋芒果,西路(暹罗)蜜橘,瓜子大王,还有蜜饯,橄榄,等等。只要胃口好,可以从早晨直吃到半夜,但胃口不好也不妨,因为这又不比肥鱼大肉,分量原是很少的。那功效,据说,是在消闲之中,得养生之益,而且味道好。

前几年的出版物,是有"养生之益"的零食,或曰"入门",或曰"ABC",或曰"概论",总之是薄薄的一本,只要化钱数角,费时半点钟,便能明白一种科学,或全盘文学,或一种外国文。意思就是说,只要吃一包五香瓜子,便能使这人发荣滋长,抵得吃五年饭。试了几年,功效不显,于是很有些灰心了。一试验,如果有名无实,是往往不免灰心的,例如现在已经很少有人修仙或炼金,而代以洗温泉和买奖券,便是试验无效的结果。于是放松了"养生"这一面,偏到"味道好"那一面去了。自然,零食也还是零食。上海的居民,和零食是死也分拆不开的。

于是而出现了小品,但也并不是新花样。当老九章[4]生意兴隆的时候,就有过《笔记小说大观》[5]之流,这是零食一大箱;待到老九章关门之后,自然也跟着成了一小撮。分量少了,为什么倒弄得闹闹嚷嚷,满城风雨的呢?我想,这是因为在担子上装起了篆字的和罗马字母合璧的年红电灯[6]的招牌。

然而,虽然仍旧是零食,上海居民的感应力却比先前敏捷了,否则又何至于闹嚷嚷。但这也许正因为神经衰弱的缘故。假使如此,那么,零食的前途倒是可虑的。

六月十一日。

* * *

〔1〕 本篇最初发表于1934年6月16日《申报·自由谈》。

〔2〕 "实繁有徒" 语出《尚书·仲虺之诰》:"简贤附势,实繁有徒。"意思是这种人确实不少。

〔3〕 伦教糕 起源于广东顺德伦教镇的一种糕点。

〔4〕 老九章 指上海老九章绸缎庄,约在1860年间开设。1934年2月因绸业衰落,股东退伙,宣告清算结束。后来又曾重新组织开设老九章公记绸缎庄。

〔5〕 《笔记小说大观》 上海进步书局编印的一套丛书,汇辑自唐代至清代的杂史、笔记而成,共出九辑(包括外集),约六十册为一辑,

最初四辑在 1918 年左右出版,后几辑于数年后出版。

〔6〕 年红电灯　即霓虹灯。

"此生或彼生"[1]

白　道

"此生或彼生"。

现在写出这样五个字来,问问读者:是什么意思?

倘使在《申报》上,见过汪懋祖[2]先生的文章,"……例如说'这一个学生或是那一个学生',文言只须'此生或彼生'即已明了,其省力为何如?……"的,那就也许能够想到,这就是"这一个学生或是那一个学生"的意思。

否则,那回答恐怕就要迟疑。因为这五个字,至少还可以有两种解释:一,这一个秀才或是那一个秀才(生员);二,这一世或是未来的别一世。

文言比起白话来,有时的确字数少,然而那意义也比较的含胡。我们看文言文,往往不但不能增益我们的智识,并且须仗我们已有的智识,给它注解,补足。待到翻成精密的白话之后,这才算是懂得了。如果一径就用白话,即使多写了几个字,但对于读者,"其省力为何如"?

我就用主张文言的汪懋祖先生所举的文言的例子,证明了文言的不中用了。

六月二十三日。

※　　※　　※

〔1〕 本篇最初发表于1934年6月30日《中华日报·动向》。

〔2〕 汪懋祖(1891—1949)　字典存,江苏吴县人。早年留学美国,曾任北京师范大学教授、北京女子师范大学哲教系主任、江苏省立苏州中学校长。当时是国民党中央政治学校教授。他主张中学和小学高年级教习文言。这里所引的话见他在1934年6月21日《申报》发表的《中小学文言运动》一文:"学习文言固较寻常语言稍难,……而应用上之省力,则阅者作者以及印工皆较经济,若用耳不用目,固无须文言。若须用目则文言尚矣。因文言为语体之缩写,语言注重音义,而文言音义之外,尚有形可察。例如说:'这一个学生或是那一个学生',文言只须'此生或彼生'即已明了,其省力为何如。"

正 是 时 候[1]

张承禄

"山梁雌雉,时哉时哉!"[2]东西是自有其时候的。

圣经,佛典,受一部分人们的奚落已经十多年了,"觉今是而昨非"[3],现在就是复兴的时候。关岳[4],是清朝屡经封赠的神明,被民元革命所闲却;从新记得,是袁世凯的晚年,但又和袁世凯一同盖了棺;而第二次从新记得,则是在现在。

这时候,当然要重文言,掉文袋[5],标雅致,看古书。

如果是小家子弟,则纵使外面怎样大风雨,也还要勇往直前,拚命挣扎的,因为他没有安稳的老巢可归,只得向前干。虽然成家立业之后,他也许修家谱,造祠堂,俨然以旧家子弟自居,但这究竟是后话。倘是旧家子弟呢,为了逞雄,好奇,趋时,吃饭,固然也未必不出门,然而只因为一点小成功,或者一点小挫折,都能够使他立刻退缩。这一缩而且缩得不小,简直退回家,更坏的是他的家乃是一所古老破烂的大宅子。

这大宅子里有仓中的旧货,有壁角的灰尘,一时实在搬不尽。倘有坐食的余闲,还可以东寻西觅,那就修破书,擦古瓶,读家谱,怀祖德,来消磨他若干岁月。如果是穷极无聊了,那就更要修破书,擦古瓶,读家谱,怀祖德,甚而至于翻肮脏的墙根,开空虚的抽屉,想发见连他自己也莫名其妙的宝贝,来救这无法可想的贫穷。这两种人,小康和穷乏,是不同的,悠闲和急迫,是不同的,因而收场的缓促,也不同的,但当这时候,却都正在古董中讨生活,所以那主张和行为,便无不同,而声势也好像见得浩大了。

于是就又影响了一部分的青年们,以为在古董中真可以寻出自己的救星。他看看小康者,是这么闲适,看看急迫者,是这么专精,这,就总应该有些道理。会有仿效的人,是当然的。然而,时光也绝不留情,他将终于得到一个空虚,急迫者是妄想,小康者是玩笑。主张者倘无特操,无灼见,则说古董应该供在香案上或掷在茅厕里,其实,都不过在尽一时的自欺欺人的任务,要寻前例,是随处皆是的。

六月二十三日。

※　　　※　　　※

〔1〕　本篇最初发表于1934年6月26日《申报·自由谈》。

〔2〕　"山梁雌雉,时哉时哉!"　孔子语,见《论语·乡党》。

〔3〕　"觉今是而昨非"　语出晋代陶渊明《归去来兮辞》。

〔4〕　关岳　指关羽和岳飞。万历四十二年(1614),明朝政府封关羽为"三界伏魔大帝",并在宫中设庙奉祀。清朝对关羽累加封号,称"忠义、神武、灵佑、仁勇、威显、护国、保民、精诚、绥靖、翊赞、宣德关圣大帝"。清末民初祭祀渐废。1914年袁世凯在称帝前重新下令合祀关岳。1934年广东军阀陈济棠又向国民党政府提议恢复孔丘及关岳祀

典,并于该年3月28日举行"仲春上戊祀关岳典礼"。

〔5〕 掉文袋 又叫掉书袋。《南唐书·彭利用传》:"言必据书史,断章破句,以代常谈,俗谓之掉书袋。"

论 重 译[1]

史 贲

穆木天先生在二十一日的《火炬》上,反对作家的写无聊的游记之类,以为不如给中国介绍一点上起希腊罗马,下至现代的文学名作。[2]我以为这是很切实的忠告。但他在十九日的《自由谈》上,却又反对间接翻译,说"是一种滑头办法",虽然还附有一些可恕的条件[3]。这是和他后来的所说冲突的,也容易启人误会,所以我想说几句。

重译确是比直接译容易。首先,是原文的能令译者自惭不及,怕敢动笔的好处,先由原译者消去若干部分了。译文是大抵比不上原文的,就是将中国的粤语译为京语,或京语译成沪语,也很难恰如其分。在重译,便减少了对于原文的好处的踌躇。其次,是难解之处,忠实的译者往往会有注解,可以一目了然,原书上倒未必有。但因此,也常有直接译错误,而间接译却不然的时候。

懂某一国文,最好是译某一国文学,这主张是断无错误的,但是,假使如此,中国也就难有上起希罗,下至现代的文学名作的译本了。中国人所懂的外国文,恐怕是英文最多,日文次之,倘不重译,我们将只能看见许多英美和日本的文学作品,不但没有伊卜生,没有伊本涅支[4],连极通行的安徒生的童话,西万提司[5]的《吉诃德先生》,也无从看见了。这是何等可怜的眼界。自然,中国未必没有精通丹麦,诺威[6],西班牙文字的人们,然而他们至今没有译,我们现在的所有,都是从英文重译的。连苏联的作品,也大抵是从英法文重译的。

所以我想,对于翻译,现在似乎暂不必有严峻的堡垒。最要紧的是要看译文的佳良与否,直接译或间接译,是不必置重的;是否投机,也不必推问的。深通原译文的趋时者的重译本,有时会比不甚懂原文的忠实者的直接译本好,日本改造社[7]译的《高尔基全集》,曾被有一些革命者斥责为投机,但革命者的译本出,却反而显出前一本的优良了。不过也还要附一个条件,并不很懂原译文的趋时者的速成译本,可实在是不可恕的。

待到将来各种名作有了直接译本,则重译本便是应该淘汰的时候,然而必须那译本比旧译本好,不能但以"直接翻译"当作护身的挡牌。

六月二十四日。

*　　*　　*

〔1〕　本篇最初发表于1934年6月27日《申报·自由谈》。

〔2〕　穆木天(1900—1971)　吉林伊通人。诗人、翻译家。曾参加创造社,后加入"左联"。在1934年6月21日《大晚报·火炬》发表的文章,题为《谈游记之类》。

〔3〕　穆木天在1934年6月19日《申报·自由谈》发表的《各尽所能》一文中说:"有人英文很好,不译英美文学,而去投机取巧地去间

接译法国的文学,这是不好的。因为间接翻译,是一种滑头办法。如果不得已时,是可以许可的。但是,避难就易,是不可以的。"

〔4〕 伊本涅支(V. Blasco-Ibáñez,1867—1928) 通译勃拉斯可·伊巴涅思,西班牙作家。主要作品有长篇小说《启示录的四骑士》等。

〔5〕 西万提司(M. de Cervantes,1547—1616) 通译塞万提斯,西班牙作家。主要作品有长篇小说《堂吉诃德》(即《吉诃德先生》)等。

〔6〕 诺威　挪威。

〔7〕 改造社　日本的一个出版社,始办于1919年。该社于1929年至1932年出版中村白叶等译的《高尔基全集》,二十五卷。

再论重译[1]

史 贲

看到穆木天先生的《论重译及其他》下篇[2]的末尾，才知道是在释我的误会。我却觉得并无什么误会，不同之点，只在倒过了一个轻重，我主张首先要看成绩的好坏，而不管译文是直接或间接，以及译者是怎样的动机。

木天先生要译者"自知"，用自己的长处，译成"一劳永逸"的书。要不然，还是不动手的好。这就是说，与其来种荆棘，不如留下一片白地，让别的好园丁来种可以永久观赏的佳花。但是，"一劳永逸"的话，有是有的，而"一劳永逸"的事却极少，就文字而论，中国的这方块字便决非"一劳永逸"的符号。况且白地也决不能永久的保留，既有空地，便会生长荆棘或雀麦。最要紧的是有人来处理，或者培植，或者删除，使翻译界略免于芜杂。这就是批评。

然而我们向来看轻着翻译，尤其是重译。对于创作，批评家是总算时时开口的，一到翻译，则前几年还偶有专指误译的文章，近来就极其少见；对于重译的更其少。但在工作上，批评翻译却比批评创作难，不但看原文须有译者以上的工力，对作品也须有译者以上的理解。如木天先生所说，重译有数种译本作参考，这在译者是极为便利的，因为甲译本可疑时，能够参看乙译本。直接译就不然了，一有不懂的地方，便无法可想，因为世界上是没有用了不同的文章，来写两部意义句句相同的作品的作者的。重译的书之多，这也许是一种原因，说偷懒也行，但大约也还是语学的力量不足的缘故。遇到这种参酌各本而成的译本，批评就更为难了，至少也得能看各种原译本。如陈源译的《父与子》[3]，鲁迅译的《毁灭》[4]，就都属于这一类的。

我以为翻译的路要放宽，批评的工作要着重。倘只是立论极严，想使译者自己慎重，倒会得到相反的结果，要好的慎重了，乱译者却还是乱译，这时恶译本就会比稍好的译本多。

临末还有几句不大紧要的话。木天先生因为怀疑重译，见了德译本之后，连他自己所译的《塔什干》，也定为法文原译是删节本了。[5]其实是不然的。德译本虽然厚，但那是两部小说合订在一起的，后面的大半，就是绥拉菲摩维支的《铁流》[6]。所以我们所有的汉译《塔什干》，也并不是节本。

七月三日。

* * *

〔1〕 本篇最初发表于1934年7月7日《申报·自由谈》。

〔2〕 穆木天的《论重译及其它（下）》载1934年7月2日《申报·自由谈》，其中说："我们作翻译时，须有权变的办法，但是，一劳永逸的办法，也是不能忽视的。我们在不得已的条件下自然是要容许，甚至要求间接翻译，但是，我们也要防止那些阻碍真实的直接翻译本的间接译出的劣货。而对作品之了解，是翻译时的先决条件。作品中的表

现方式也是要注意的。能'一劳永逸'时,最好是想'一劳永逸'的办法。无深解的买办式的翻译是不得许可的。"又说:"关于翻译文学可讨论的问题甚多,希望忠实的文学者多多发表些意见。看见史贲先生的《论重译》,使我不得不发表出来以上的意见,以释其误会。"

〔3〕 陈源译的俄国屠格涅夫的《父与子》,是根据英文译本和法文译本转译的,1930年由商务印书馆出版。

〔4〕 鲁迅译的《毁灭》,根据日文译本,并参看德、英文译本。

〔5〕 穆木天在1934年6月30日《申报·自由谈》发表的《论重译及其他(上)》一文中说:"我是从法文本译过涅维洛夫的《塔什干》的,可是去年看见该书的德译本,比法译本分量多过几乎有一倍。"《塔什干》,原名《丰饶的城塔什干》,穆木天的译本1930年由上海北新书局出版。

〔6〕 绥拉菲摩维支(А. С. Серафимович, 1863—1949) 苏联作家。《铁流》是他所著的长篇小说。

"彻底"的底子[1]

公 汗

现在对于一个人的立论,如果说它是"高超",恐怕有些要招论者的反感了,但若说它是"彻底",是"非常前进",却似乎还没有什么。

现在也正是"彻底"的,"非常前进"的议论,替代了"高超"的时光。

文艺本来都有一个对象的界限。譬如文学,原是以懂得文字的读者为对象的,懂得文字的多少有不同,文章当然要有深浅。而主张用字要平常,作文要明白,自然也还是作者的本分。然而这时"彻底"论者站出来了,他却说中国有许多文盲,问你怎么办?这实在是对于文学家的当头一棍,只好立刻闷死给他看。

不过还可以另外请一枝救兵来,也就是辩解。因为文盲是已经在文学作用的范围之外的了,这时只好请画家,演剧家,电影作家出马,给他看文字以外的形象的东西。然而这还不足以塞"彻底"论者的嘴的,他就说文盲中还有色盲,有瞎子,问你怎么办?于是艺术家们也遭了当头一棍,只好立刻闷死给他看。

那么,作为最后的挣扎,说是对于色盲瞎子之类,须用讲演,唱歌,说书罢。说是也说得过去的。然而他就要问你:莫非你忘记了中国还有聋子吗?

又是当头一棍,闷死,都闷死了。

于是"彻底"论者就得到一个结论:现在的一切文艺,全都无用,非彻底改革不可!

他立定了这个结论之后,不知道到那里去了。谁来"彻底"改革呢?那自然是文艺家。然而文艺家又是不"彻底"的多,于是中国就永远没有对于文盲,色盲,瞎子,聋子,无不有效的——"彻底"的好的文艺。

但"彻底"论者却有时又会伸出头来责备一顿文艺家。

弄文艺的人,如果遇见这样的大人物而不能撕掉他的鬼脸,那么,文艺不但不会前进,并且只会萎缩,终于被他消灭的。切实的文艺家必须认清这一种"彻底"论者的真面目!

七月八日。

* * *

〔1〕 本篇最初发表于1934年7月11日《申报·自由谈》。

知了世界[1]

邓当世

中国的学者们,多以为各种智识,一定出于圣贤,或者至少是学者之口;连火和草药的发明应用,也和民众无缘,全由古圣王一手包办:燧人氏,神农氏[2]。所以,有人[3]以为"一若各种智识,必出诸动物之口,斯亦奇矣",是毫不足奇的。

况且,"出诸动物之口"的智识,在我们中国,也常常不是真智识。天气热得要命,窗门都打开了,装着无线电播音机的人家,便都把音波放到街头,"与民同乐"[4]。咿咿唉唉,唱呀唱呀。外国我不知道,中国的播音,竟是从早到夜,都有戏唱的,它一会儿尖,一会儿沙,只要你愿意,简直能够使你耳根没有一刻清净。同时开了风扇,吃着冰淇淋,不但和"水位大涨""旱象已成"之处毫不相干,就是和窗外流着油汗,整天在挣扎过活的人们的地方,也完全是两个世界。

我在咿咿唉唉的曼声高唱中,忽然记得了法国诗人拉芳丁[5]的有名的寓言:《知了和蚂蚁》。也是这样的火一般的太阳的夏天,蚂蚁在地面上辛辛苦苦地作工,知了却在枝头高吟,一面还笑蚂蚁俗。然而秋风来了,凉森森的一天比一天凉,这时知了无衣无食,变了小瘪三,却给早有准备的蚂蚁教训了一顿。这是我在小学校"受教育"的时候,先生讲给我听的。我那时好像很感动,至今有时还记得。

但是,虽然记得,却又因了"毕业即失业"的教训,意见和蚂蚁已经很不同。秋风是不久就来的,也自然一天凉比一天,然而那时无衣无食的,恐怕倒正是现在的流着油汗的人们;洋房的周围固然静寂了,但那是关紧了窗门,连音波一同留住了火炉的暖气,遥想那里面,大约总依旧是咿咿哎哎,《谢谢毛毛雨》。

"出诸动物之口"的智识,在我们中国岂不是往往不适用的么?

中国自有中国的圣贤和学者。"劳心者治人,劳力者治于人;治于人者食(去声)人,治人者食于人"[6],说得多么简截明白。如果先生早将这教给我,我也不至于有上面的那些感想,多费纸笔了。这也就是中国人非读中国古书不可的一个好证据罢。

七月八日。

*　　　*　　　*

〔1〕 本篇最初发表于1934年7月12日《申报·自由谈》。

〔2〕 燧人氏,神农氏　都是我国传说中的上古帝王。前者发明钻木取火,教人熟食;后者发明农具,教人耕种,又传说他尝百草,发明医药。

〔3〕 指汪懋祖,下面的话是他在《中小学文言运动》一文中,举当时小学《国语新读本》中的《三只小松鼠》课文作例时说的。

〔4〕 "与民同乐"　孟子语,见《孟子·梁惠王(下)》:"今王鼓

乐于此,百姓闻王锺鼓之声,管籥之音,举欣欣然有喜色……。此无他,与民同乐也"。

〔5〕 拉芳丁(La Fontaine,1621—1695) 通译拉·封丹,法国寓言诗人。《知了和蚂蚁》载于他的《寓言诗》第一卷。

〔6〕 "劳心者治人,劳力者治于人"四句,是孟子的话,见《孟子·滕文公(上)》:"或劳心,或劳力;劳心者治人,劳力者治于人;治于人者食人,治人者食于人,天下之通义也。"

算　账[1]

莫　朕

说起清代的学术来，有几位学者[2]总是眉飞色舞，说那发达是为前代所未有的。证据也真够十足：解经的大作，层出不穷，小学[3]也非常的进步；史论家虽然绝迹了，考史家却不少；尤其是考据之学，给我们明白了宋明人决没有看懂的古书……

但说起来可又有些踌躇，怕英雄也许会因此指定我是犹太人[4]，其实，并不是的。我每遇到学者谈起清代的学术时，总不免同时想："扬州十日"，"嘉定三屠"[5]这些小事情，不提也好罢，但失去全国的土地，大家十足做了二百五十年奴隶，却换得这几页光荣的学术史，这买卖，究竟是赚了利，还是折了本呢？

可惜我又不是数学家，到底没有弄清楚。但我直觉的感到，这恐怕是折了本，比用庚子赔款[6]来养成几位有限的学者，亏累得多了。

但恐怕这又不过是俗见。学者的见解，是超然于得失之外的。虽然超然于得失之外，利害大小之辨却又似乎并非全没有。大莫大于尊孔，要莫要于崇儒，所以只要尊孔而崇儒，便不妨向任何新朝俯首。对新朝的说法，就叫作"反过来征服中国民族的心"[7]。

而这中国民族的有些心,真也被征服得彻底,到现在,还在用兵燹,疠疫,水旱,风蝗,换取着孔庙重修,雷峰塔再建,男女同行犯忌,四库珍本发行[8]这些大门面。

我也并非不知道灾害不过暂时,如果没有记录,到明年就会大家不提起,然而光荣的事业却是永久的。但是,不知怎地,我虽然并非犹太人,却总有些喜欢讲损益,想大家来算一算向来没有人提起过的这一笔账。——而且,现在也正是这时候了。

七月十七日。

* * *

〔1〕 本篇最初发表于1934年7月23日《申报·自由谈》。

〔2〕 几位学者 指梁启超、胡适等人。梁启超著有《清代学者整理旧学之总成绩》、《清代学术概论》等;胡适推崇清代学术发展,说此时期"古学昌明"(《〈国学季刊〉发刊宣言》),"考订一切古文化","可算是中国的'文艺复兴'(Renaissance)时代。"(《几个反理学的思想家》)

〔3〕 小学 我国汉代对文字学的通称(因为儿童入学先学文字)。隋唐以后,范围扩大,成为文字学、训诂学、音韵学的总称。

〔4〕 犹太人 从前欧洲人的偏见,以为犹太人都善于经营,对人吝啬,因而常称精于计算的人为"犹太人"。

〔5〕 "扬州十日" 指顺治二年(1645)清军攻破扬州后进行的十天大屠杀。"嘉定三屠",指同年清军占领嘉定(今属上海市)后进行的多次屠杀。清代王秀楚著《扬州十日记》、朱子素著《嘉定屠城记略》,分别记载当时清兵在这两地屠杀的情况。

〔6〕 庚子赔款 1900(庚子)八国联军侵入中国,强迫清政府于次年订立《辛丑条约》。其中规定付给各国"赔款"银四亿五千万两,分三十九年还清,年息四厘,通称"庚子赔款"。后来美、英、法、日等国先后将部分赔款退还,用以"资助"中国教育事业。

〔7〕 "反过来征服中国民族的心" 1933年3月18日,胡适在北平对新闻记者的谈话中说:日本"只有一个方法可以征服中国,即彻底停止侵略,反过来征服中国民族的心。"(见1933年3月22日《申报·北平通讯》)

〔8〕 孔庙重修 1934年1月,国民党山东省政府主席韩复榘提议修复孔庙,在济南设修复孔庙筹备委员会,5月间由国民党政府拨款十万元,蒋介石捐款五万元,"以示提倡"。雷峰塔再建,同年5月,时轮金刚法会理事会发起重建杭州雷峰塔。男女同行犯忌,同年7月,广州省河督配局长郑日东根据《礼记·王制》中"道路,男子由右,妇人由左"的话,呈请国民党西南政务委员会,令男女分途而走,禁止同行。四库珍本发行,《四库全书》是清乾隆下令编纂的一部丛书,分经、史、子、集四部,收书三千余种。为了维护清政权的封建统治,有些书曾被抽毁或窜改。1933年6月,国民党政府教育部令当时中央图书馆筹备处和商务印书馆订立合同,影印北京故宫博物院所藏原存文渊阁的《四库全书》缮写本;北京图书馆馆长蔡元培则主张采用旧刻或旧抄本,以代替经四库全书馆馆臣窜改过的库本,藏书家傅增湘、李盛铎和学术界陈垣、刘复等人,也与蔡元培主张相同,但为教育部长王世杰所反对,当时商务印书馆编译所所长张元济,也主张照印库本。结果商务印书馆仍依官方意见,于1934年至1935年刊行《四库全书珍本初集》,选书二百三十一种。

水　性[1]

公　汗

　　天气接连的大热了近二十天,看上海报,几乎每天都有下河洗浴,淹死了人的记载。这在水村里,是很少见的。

　　水村多水,对于水的知识多,能浮水的也多。倘若不会浮水,是轻易不下水去的。这一种能浮水的本领,俗语谓之"识水性"。

　　这"识水性",如果用了"买办"的白话文[2],加以较详的说明,则:一,是知道火能烧死人,水也能淹死人,但水的模样柔和,好像容易亲近,因而也容易上当;二,知道水虽能淹死人,却也能浮起人,现在就设法操纵它,专来利用它浮起人的这一面;三,便是学得操纵法,此法一熟,"识水性"的事就完全了。

　　但在都会里的人们,却不但不能浮水,而且似乎连水能淹死人的事情也都忘却了。平时毫无准备,临时又不先一测水的深浅,遇到热不可耐时,便脱衣一跳,倘不幸而正值深处,那当然是要死的。而且我觉得,当这时候,肯设法救助的人,好像都会里也比乡下少。

　　但救都会人恐怕也较难,因为救者固然必须"识水性",被救者也得相当的"识水性"的。他应该毫不用力,一任救者托着他的下巴,往浅处浮。倘若过于性急,拚命的向救者的身上爬,则救者倘不是好手,便只好连自己也沉下去。

所以我想,要下河,最好是预先学一点浮水工夫,不必到什么公园的游泳场,只要在河滩边就行,但必须有内行人指导。其次,倘因了种种关系,不能学浮水,那就用竹竿先探一下河水的浅深,只在浅处敷衍敷衍;或者最稳当是舀起水来,只在河边冲一冲,而最要紧的是要知道水有能淹死不会游泳的人的性质,并且还要牢牢的记住!

现在还要主张宣传这样的常识,看起来好像发疯,或是志在"花边"〔3〕罢,但事实却证明着断断不如此。许多事是不能为了讨前进的批评家喜欢,一味闭了眼睛作豪语的。

七月十七日。

* * *

〔1〕 本篇最初发表于1934年7月20日《申报·自由谈》。

〔2〕 "买办"的白话文　林默在《论"花边文学"》一文中,曾说鲁迅写的《倒提》是"买办"手笔,参看本书《倒提》附录。

〔3〕 志在"花边"　参看本书《序言》及其注〔7〕。

玩笑只当它玩笑(上)[1]

康伯度

不料刘半农先生竟忽然病故了[2],学术界上又短少了一个人。这是应该惋惜的。但我于音韵学一无所知,毁誉两面,都不配说一句话。我因此记起的是别一件事,是在现在的白话将被"扬弃"或"唾弃"[3]之前,他早是一位对于那时的白话,尤其是欧化式的白话的伟大的"迎头痛击"者。

他曾经有过极不费力,但极有力的妙文:

"我现在只举一个简单的例:

子曰:'学而时习之,不亦悦乎?'[4]

这太老式了,不好!

'学而时习之,'子曰,'不亦悦乎?'

这好!

'学而时习之,不亦悦乎?'子曰。

这更好!为什么好?欧化了。但'子曰'终没有能欧化到'曰子'!"

这段话见于《中国文法通论》[5]中,那书是一本正经的书;作者又是《新青年》[6]的同人,五四时代"文学革命"的战士,现在又成了古人了。中国老例,一死是常常能够增价的,所以我想从新提起,并且提出他终于也是《论语》社的同人,有时不免发些"幽默";原先也有"幽默",而这些"幽默",又不免常常掉到"开玩笑"的阴沟里去的。

实例也就是上面所引的文章,其实是,那论法,和顽固先生,市井无赖,看见青年穿洋服,学外国话了,便冷笑道:"可惜鼻子还低,脸孔也不白"的那些话,并没有两样的。

自然,刘先生所反对的是"太欧化"。但"太"的范围是怎样的呢?他举出的前三法,古文上没有,谈话里却能有的,对人口谈,也都可以懂。只有将"子曰"改成"曰子"是决不能懂的了。然而他在他所反对的欧化文中也寻不出实例来,只好说是"'子曰'终没有能欧化到'曰子'!"那么,这不是"无的放矢"吗?

欧化文法的侵入中国白话中的大原因,并非因为好奇,乃是为了必要。国粹学家痛恨鬼子气,但他住在租界里,便会写些"霞飞路","麦特赫司脱路"[7]那样的怪地名;评论者何尝要好奇,但他要说得精密,固有的白话不够用,便只得采些外国的句法。比较的难懂,不像茶淘饭似的可以一口吞下去是真的,但补这缺点的是精密。胡适先生登在《新青年》上的《易卜生主义》[8],比起近时的有些文艺论文来,的确容易懂,但我们不觉得它却又粗浅,笼统吗?

如果嘲笑欧化式白话的人,除嘲笑之外,再去试一试绍介外国的精密的论著,又不随意改变,删削,我想,他一定还能够给我们更好的箴规。

用玩笑来应付敌人,自然也是一种好战法,但触着之处,须是对手的致命伤,否则,玩笑终不过是一种单单的玩笑

花边文学

而已。

七月十八日。

【附录】:

文公直给康伯度的信

伯度先生:今天读到先生在《自由谈》刊布的大作,知道为西人侵略张目的急先锋(汉奸)仍多,先生以为欧式文化的风行,原因是"必要"。这我真不知是从那里说起? 中国人虽无用,但是话总是会说的。如果一定要把中国话取消,要乡下人也"密司忒"起来,这不见得是中国文化上的"必要"吧。譬如照华人的言语说:张甲说:"今天下雨了。"李乙说:"是的,天凉了。"若照尊论的主张,就应该改做:"今天下雨了,"张甲说。"天凉了,——是的;"李乙说。这个算得是中华民国全族的"必要"吗? 一般翻译大家的欧化文笔,已足阻尽中西文化的通路,使能读原文的人也不懂译文。再加上先生的"必要",从此使中国更无可读的西书了。陈子展先生提倡的"大众语",是天经地义的。中国人间应该说中国话,总是绝对的。而先生偏要说欧化文法是必要! 毋怪大名是"康伯度",真十足加二的表现"买办心理"了。刘半农先生说:"翻译是要使不懂外国文的人得读";这是确切不移的定理。而先生大骂其半农,认为非使全中国人都以欧化文法为"必要"的性命不可! 先生,现在暑天,你歇歇吧! 帝国主义的灭绝华人的毒气弹,已经制成无数了。先生要做买办尽管做,只求不必将全个民族出卖。我是一个不懂颠倒式的欧化文式的愚人!对于先生的盛意提倡,几乎疑惑先生已不是敝国人了。今特负责请问先生为甚么投这文化的毒瓦斯?是否受了帝国主义者的指使?总之,四万万四千九百万(陈先生以外)以内的中国人对于先生的主张不敢领教的!幸先生注意。

文公直　七月二十五日。

八月七日《申报》《自由谈》。

康伯度答文公直

公直先生:中国语法里要加一点欧化,是我的一种主张,并不是"一定要把中国话取消",也没有"受了帝国主义者的指使",可是先生立刻加给我"汉奸"之类的重罪名,自己代表了"四万万四千九百万(陈先生以外)以内的中国人",要杀我的头了。我的主张也许会错的,不过一来就判死罪,方法虽然很时髦,但也似乎过分了一点。况且我看"四万万四千九百万(陈先生以外)以内的中国人",意见也未必都和先生相同,先生并没有征求过同意,你是冒充代表的。

中国语法的欧化并不就是改学外国话,但这些粗浅的道理不想和先生多谈了。我不怕热,倒是因为无聊。不过还要说一回:我主张中国语法上有加些欧化的必要。这主张,是由事实而来的。中国人"话总是会说的",一点不错,但要前进,全照老样却不够。眼前的例,就如先生这几百个字的信里面,就用了两回"对于",这和古文无关,是后来起于直译的欧化语法,而且连"欧化"这两个字也是欧化字;还用着一个"取消",这是纯粹日本词;一个"瓦斯",是德国字的原封不动的日本人的音译。都用得很惬当,而且是"必要"的。譬如"毒瓦斯"罢,倘用中国固有的话的"毒气",就显得含混,未必一定是毒弹里面的东西了。所以写作"毒瓦斯",的确是出乎"必要"的。

先生自己没有照镜子,无意中也证明了自己也正是用欧化语法,用鬼子名词的人,但我看先生决不是"为西人侵略张目的急先锋(汉奸)",所以也想由此证明我也并非那一伙。否则,先生含狗血喷人,倒先污了你自己的尊口了。

我想,辩论事情,威吓和诬陷,是没有用处的。用笔的人,一来就发你的脾气,要我的性命,更其可笑得很。先生还是不要暴躁,静静的再看看自己的信,想想自己,何如?

专此布复,并请
热安。

弟康伯度[9]脱帽鞠躬。八月五日。

八月七日《申报》《自由谈》。

* * * *

〔1〕 本篇最初发表于1934年7月25日《申报·自由谈》。

〔2〕 刘半农(1891—1934) 名复,号半农,江苏江阴人,历任北

京大学教授、北平大学女子文理学院院长等。他曾参加《新青年》编辑工作，是新文学运动初期重要作家之一。后留学法国，研究语音学。著有《扬鞭集》、《瓦釜集》和《半农杂文》等。1934年6月，他赴平绥线（今京包线）一带调查方言，不幸感染回归热，于7月14日病逝。

〔3〕 白话将被"扬弃"或"唾弃" 当时在"大众语"讨论中，有人主张"扬弃"白话文，如高荒在《由反对文言文到建设大众语》中说："把白话文里面合乎大众需要的部分提高，不合乎大众需要的部分消灭，在实践中将白话文'扬弃'。"（见1934年7月15日《中华日报·星期专论》）"唾弃"一语见本书《倒提》附录。

〔4〕 "学而时习之，不亦悦乎？" 孔子的话，见《论语·学而》。

〔5〕 《中国文法通论》 刘半农著，1920年上海求益书社出版。本文所引的一段，见该书1924年印行的《四版附言》中。

〔6〕 《新青年》 "五四"时期倡导新文化运动、传播马克思主义的综合性月刊。1915年9月创刊于上海，由陈独秀主编，第一卷名《青年杂志》，第二卷起改名《新青年》。1918年1月起李大钊、胡适等参加该刊编辑工作，1922年7月休刊。

〔7〕 "霞飞路" 旧时上海法租界的路名；霞飞（J. J. C. Joffre, 1852—1931），是第一次世界大战时法国的统帅。"麦特赫司脱路"，旧时上海公共租界的路名；麦特赫司脱（W. H. Medhurst, 1796—1857），英国传教士，清道光十五年（1835）来上海。道光二十八年（1848）年闯入青浦传教被殴伤，是酿成青浦教案的主要当事人。

〔8〕 胡适（1891—1962） 字适之，安徽绩溪人。早年留学美国，1917年回国任北京大学教授。"五四"时期，他是新文化运动代表人物之一。胡适的《易卜生主义》一文发表于1918年6月15日《新青年》第四卷第六号。

〔9〕 康伯度　英语 comprador 的音译,即"买办"。鲁迅因林默在《论"花边文学"》中说他写文章是"买办"手笔,故意用了这个名字。

玩笑只当它玩笑（下）[1]

康伯度

别一枝讨伐白话的生力军,是林语堂先生。他讨伐的不是白话的"反而难懂"[2],是白话的"鲁里鲁苏"[3],连刘先生似的想白话"返朴归真"的意思也全没有,要达意,只有"语录式"(白话的文言)。

林先生用白话武装了出现的时候,文言和白话的斗争早已过去了,不像刘先生那样,自己是混战中的过来人,因此也不免有感怀旧日,慨叹末流的情绪。他一闪而将宋明语录,摆在"幽默"的旗子下,原也极其自然的。

这"幽默"便是《论语》四十五期里的《一张字条的写法》,他因为要问木匠讨一点油灰,写好了一张语录体的字条,但怕别人说他"反对白话",便改写了白话的,选体[4]的,桐城派[5]的三种,然而都很可笑,结果是差"书僮"传话,向木匠讨了油灰来。

《论语》是风行的刊物,这里省烦不抄了。总之,是:不可笑的只有语录式的一张,别的三种,全都要不得。但这四个不同的脚色,其实是都是林先生自己一个人扮出来的,一个是正生,就是"语录式",别的三个都是小丑,自装鬼脸,自作怪相,将正生衬得一表非凡了。

但这已经并不是"幽默",乃是"顽笑",和市井间的在墙上画一乌龟,背上写上他的所讨厌的名字的战法,也并不两样的。不过看见的人,却往往不问是非,就嗤笑被画者。

"幽默"或"顽笑",也都要生出结果来的,除非你心知其意,只当它"顽笑"看。

因为事实会并不如文章,例如这语录式的条子,在中国其实也并未断绝过种子。假如有工夫,不妨到上海的弄口去看一看,有时就会看见一个摊,坐着一位文人,在替男女工人写信,他所用的文章,决不如林先生所拟的条子的容易懂,然而分明是"语录式"的。这就是现在从新提起的语录派的末流,却并没有谁去涂白过他的鼻子。

这是一个具体的"幽默"。

但是,要赏识"幽默"也真难。我曾经从生理学来证明过中国打屁股之合理:假使屁股是为了排泄或坐坐而生的罢,就不必这么大,脚底要小得远,不是足够支持全身了么?我们现在早不吃人了,肉也用不着这么多。那么,可见是专供打打之用的了。有时告诉人们,大抵以为是"幽默"。但假如有被打了的人,或自己遭了打,我想,恐怕那感应就不能这样了罢。

没有法子,在大家都不适意的时候,恐怕终于是"中国没有幽默"的了。

七月十八日。

*　　*　　*

〔1〕 本篇最初发表于1934年7月26日《申报·自由谈》。

〔2〕 当时有人在提倡大众语时指摘白话文"难懂",如1934年6月22日《申报·读书问答》所载《怎样建设大众文学》一文,说白话脱离大众的生活、语言,"比古文更难懂"。

〔3〕 "鲁里鲁苏" 林语堂在1933年10月1日《论语》第二十六期发表的《论语录体之用》一文中反对白话说:"吾恶白话之文,而喜文言之白,故提倡语录体。……白话文之病,噜哩噜苏。"

〔4〕 选体 指南朝梁萧统《文选》所选诗文的风格和体制。

〔5〕 桐城派 清代古文流派之一,主要作家有方苞、刘大櫆、姚鼐等,都是安徽桐城人,所以称他们和各地赞同他们文学主张的人为桐城派。

做 文 章[1]

朔　尔

沈括[2]的《梦溪笔谈》里,有云:"往岁士人,多尚对偶为文,穆修张景[3]辈始为平文,当时谓之'古文'。穆张尝同造朝,待旦于东华门外,方论文次,适见有奔马,践死一犬,二人各记其事以较工拙。穆修曰:'马逸,有黄犬,遇蹄而毙。'张景曰:'有犬,死奔马之下。'时文体新变,二人之语皆拙涩,当时已谓之工,传之至今。"

骈文后起,唐虞三代是不骈的,称"平文"为"古文"便是这意思。由此推开去,如果古者言文真是不分[4],则称"白话文"为"古文",似乎也无所不可,但和林语堂先生的指为"白话的文言"[5]的意思又不同。两人的大作,不但拙涩,主旨先就不一,穆说的是马踏死了犬,张说的是犬给马踏死了,究竟是着重在马,还是在犬呢?较明白稳当的还是沈括的毫不经意的文章:"有奔马,践死一犬。"

因为要推倒旧东西,就要着力,太着力,就要"做",太"做",便不但"生涩",有时简直是"格格不吐"了,比早经古人"做"得圆熟了的旧东西还要坏。而字数论旨,都有些限制的"花边文学"之类,尤其容易生这生涩病。

太做不行,但不做,却又不行。用一段大树和四枝小树做一只凳,在现在,未免太毛糙,总得刨光它一下才好。但如全体雕花,中间挖空,却又坐不来,也不成其为凳子了。高尔基说,大众语是毛胚,加了工的是文学。〔6〕我想,这该是很中肯的指示了。

　　　　　　　　　　七月二十日。

＊　　　＊　　　＊

〔1〕　本篇最初发表于1934年7月24日《申报·自由谈》。

〔2〕　沈括(1031—1095)　字存中,钱塘(今浙江杭州)人,北宋文学家和科学家。精于数学、天文学,并擅长音乐、医学、土木工程。著有《长兴集》等。《梦溪笔谈》二十六卷、《补笔谈》三卷、《续笔谈》一卷,是记他平日与宾友的言论以及遗闻旧典、文学、技艺等,因他晚年退居润州(今江苏镇江)梦溪园而命名。这里所引见该书第十四卷。

〔3〕　穆修(979—1032)　字伯长,郓州(今山东东平)人。张景(970—1018),字晦之,公安(今湖北公安)人。他们都是北宋古文家。

〔4〕　古代言文不分是胡适等人的看法,胡适在1928年出版的《白话文学史》第一篇第一章中说:"我们研究古代文字,可以推知当战国的时候,中国的文体已不能与语体一致了。"按他的意思,战国以前文体与语体是合一的。鲁迅对此一向有不同看法,在《且介亭杂文·门外文谈》中曾说:"我的臆测,是以为中国的言文,一向就并不一致的,大原因便是字难写,只好节省些。当时的口语的摘要,是古人的文;古代的口语的摘要,是后人的古文。"

〔5〕　"白话的文言"　林语堂在1934年7月《论语》第四十五期发表的《一张字条的写法》一文中,以"语录式"为"白话的文言",说它是"天然写法",能够"达意"。

〔6〕 见高尔基《我的文学修养》一文:"不要忘记了言语是民众所创造,将言语分为文学的和民众的两种,只不过是毛坯的言语和艺术家加过工的言语的区别。"

看书琐记[1]

焉于

高尔基很惊服巴尔札克[2]小说里写对话的巧妙,以为并不描写人物的模样,却能使读者看了对话,便好像目睹了说话的那些人。(八月份《文学》内《我的文学修养》)

中国还没有那样好手段的小说家,但《水浒》和《红楼梦》[3]的有些地方,是能使读者由说话看出人来的。其实,这也并非什么奇特的事情,在上海的弄堂里,租一间小房子住着的人,就时时可以体验到。他和周围的住户,是不一定见过面的,但只隔一层薄板壁,所以有些人家的眷属和客人的谈话,尤其是高声的谈话,都大略可以听到,久而久之,就知道那里有那些人,而且仿佛觉得那些人是怎样的人了。

如果删除了不必要之点,只摘出各人的有特色的谈话来,我想,就可以使别人从谈话里推见每个说话的人物。但我并不是说,这就成了中国的巴尔札克。

作者用对话表现人物的时候,恐怕在他自己的心目中,是存在着这人物的模样的,于是传给读者,使读者的心目中也形成了这人物的模样。但读者所推见的人物,却并不一定和作者所设想的相同,巴尔札克的小胡须的清瘦老人,到了高尔基的头里,也许变了粗蛮壮大的络腮胡子。不过那性格,言动,一定有些类似,大致不差,恰如将法文翻成了俄文一样。要不然,文学这东西便没有普遍性了。

文学虽然有普遍性,但因读者的体验的不同而有变化,读者倘没有类似的体验,它也就失去了效力。譬如我们看《红楼梦》,从文字上推见了林黛玉这一个人,但须排除了梅博士的"黛玉葬花"[4]照相的先入之见,另外想一个,那么,恐怕会想到剪头发,穿印度绸衫,清瘦,寂寞的摩登女郎;或者别的什么模样,我不能断定。但试去和三四十年前出版的《红楼梦图咏》[5]之类里面的画像比一比罢,一定是截然两样的,那上面所画的,是那时的读者的心目中的林黛玉。

文学有普遍性,但有界限;也有较为永久的,但因读者的社会体验而生变化。北极的遏斯吉摩人[6]和菲洲腹地的黑人,我以为是不会懂得"林黛玉型"的;健全而合理的好社会中人,也将不能懂得,他们大约要比我们的听讲始皇焚书,黄巢杀人更其隔膜。一有变化,即非永久,说文学独有仙骨,是做梦的人们的梦话。

八月六日。

*　　*　　*

〔1〕　本篇最初发表于1934年8月8日《申报·自由谈》。

〔2〕　巴尔扎克(H. de Balzac,1799—1850)　法国作家,他的作品总题为《人间喜剧》,包括长篇小说《欧也妮·葛朗台》、《高老头》、《幻灭》等九十余部。高尔基《我的文学修养》中谈到巴尔扎克小说时说:"在巴尔扎克的《鲛皮》(按通译《驴皮记》)里,看到银行家的邸宅中

的晚餐会那一段的时候,我完全惊服了。二十多个人们同时在喧嚷着谈天,但却以许多形态,写得好像我亲自听见。重要的是——我不但听见,还目睹了各人在怎样的谈天。来宾们的相貌,巴尔扎克是没有描写的。但我却看见了人们的眼睛、微笑和姿势。我总是叹服着从巴尔扎克起,以至一切法国人的用会话来描写人物的巧妙,把所描写的人物的会话,写得活泼泼地好像耳闻一般的手段,以及那对话的完全。"此文载1934年8月《文学》月刊第三卷第二号,鲁迅(署名许遐)译。

〔3〕 《水浒》 即《水浒传》,长篇小说。明初施耐庵作。

〔4〕 "黛玉葬花" 梅兰芳早年曾根据《红楼梦》第二十三回的情节编演京剧《黛玉葬花》。旧时照相馆常挂有他演此剧的照片。

〔5〕 《红楼梦图咏》 清代改琦画的《红楼梦》人物像,共五十幅,图后附有王希廉、周绮等题诗,1879年(光绪五年)木刻本刊行。又有清代王墀画的《增刻红楼梦图咏》,共一百二十幅,图后附有姜祺(署名蟫生)题诗,光绪八年上海点石斋石印,后屡经翻版。

〔6〕 遏斯吉摩人 通译爱斯基摩人,居住北极圈一带,以渔猎为生的一个民族。

看书琐记(二)[1]

焉 于

就在同时代,同国度里,说话也会彼此说不通的。

巴比塞有一篇很有意思的短篇小说,叫作《本国话和外国话》[2],记的是法国的一个阔人家里招待了欧战中出死入生的三个兵,小姐出来招呼了,但无话可说,勉勉强强的说了几句,他们也无话可答,倒只觉坐在阔房间里,小心得骨头疼。直到溜回自己的"猪窠"里,他们这才遍身舒齐,有说有笑,并且在德国俘房里,由手势发见了说他们的"我们的话"的人。

因了这经验,有一个兵便模模胡胡的想:"这世间有两个世界。一个是战争的世界。别一个是有着保险箱门一般的门,礼拜堂一般干净的厨房,漂亮的房子的世界。完全是另外的世界。另外的国度。那里面,住着古怪想头的外国人。"

那小姐后来就对一位绅士说的是:"和他们是连话都谈不来的。好像他们和我们之间,是有着跳不过的深渊似的。"

其实,这也无须小姐和兵们是这样。就是我们——算作"封建余孽"[3]或"买办"或别的什么而论都可以——和几乎同类的人,只要什么地方有些不同,又得心口如一,就往往免不了彼此无话可说。不过我们中国人是聪明的,有些人早已发明了一种万应灵药,就是"今天天气……哈哈哈!"倘是宴会,就只猜拳,不发议论。

这样看来,文学要普遍而且永久,恐怕实在有些艰难。"今天天气……哈哈哈!"虽然有些普遍,但能否永久,却很可疑,而且也不大像文学。于是高超的文学家[4]便自己定了一条规则,将不懂他的"文学"的人们,都推出"人类"之外,以保持其普遍性。文学还有别的性,他是不肯说破的,因此也只好用这手段。然而这么一来,"文学"存在,"人"却不多了。

于是而据说文学愈高超,懂得的人就愈少,高超之极,那普遍性和永久性便只汇集于作者一个人。然而文学家却又悲哀起来,说是吐血了,这真是没有法子想。

八月六日。

*　　*　　*

〔1〕 本篇最初发表于1934年8月9日《申报·自由谈》。

〔2〕 巴比塞(H. Barbusse,1873—1935) 法国作家。他的《外国话和本国话》,曾由沈端先译为中文,载于1934年10月《社会月报》第一卷第五期。

〔3〕 "封建余孽" 在1928年关于革命文学的论争中,《创造月刊》第二卷第一期(1928年8月)载有杜荃(郭沫若)《文艺战线上的封建余孽》一文,说鲁迅是"资本主义以前的一个封建余孽"。

〔4〕 高超的文学家 指梁实秋等人。梁在《文学是有阶级性的吗?》(载1929年9月《新月》第二卷第六、七期)一文中宣扬超阶级的文学,说"文学是属于全人类的";但又宣称文学只能为少数人所享有,"好的作品永远是少数人的专利品。大多数永远是蠢的永远是与文学无缘的。"

趋时和复古[1]

康伯度

半农先生一去世,也如朱湘庐隐[2]两位作家一样,很使有些刊物热闹了一番。这情形,会延得多么长久呢,现在也无从推测。但这一死,作用却好像比那两位大得多:他已经快要被封为复古的先贤,可用他的神主来打"趋时"[3]的人们了。

这一打是有力的,因为他既是作古的名人,又是先前的新党,以新打新,就如以毒攻毒,胜于搬出生锈的古董来。然而笑话也就埋伏在这里面。为什么呢?就为了半农先生先就是一位以"趋时"而出名的人。

古之青年,心目中有了刘半农三个字,原因并不在他擅长音韵学,或是常做打油诗[4],是在他跳出鸳蝴派[5],骂倒王敬轩[6],为一个"文学革命"阵中的战斗者。然而那时有一部分人,却毁之为"趋时"。时代到底好像有些前进,光阴流过去,渐渐将这谥号洗掉了,自己爬上了一点,也就随和一些,于是终于成为干干净净的名人。但是,"人怕出名猪怕壮"[7],他这时也要成为包起来作为医治新的"趋时"病的药料了。

这并不是半农先生独个的苦境,旧例着实有。广东举人多得很,为什么康有为[8]独独那么有名呢,因为他是公车上书的头儿,戊戌政变的主角,趋时;留英学生也不希罕,严

134

复[9]的姓名还没有消失,就在他先前认真的译过好几部鬼子书,趋时;清末,治朴学[10]的不止太炎[11]先生一个人,而他的声名,远在孙诒让[12]之上者,其实是为了他提倡种族革命,趋时,而且还"造反"。后来"时"也"趋"了过来,他们就成为活的纯正的先贤。但是,晦气也夹屁股跟到,康有为永定为复辟的祖师,袁皇帝要严复劝进,孙传芳[13]大帅也来请太炎先生投壶了。原是拉车前进的好身手,腿肚大,臂膊也粗,这回还是请他拉,拉还是拉,然而是拉车屁股向后,这里只好用古文,"呜呼哀哉,尚飨"[14]了。

我并不在讥刺半农先生曾经"趋时",我这里所用的是普通所谓"趋时"中的一部分:"前驱"的意思。他虽然自认"没落"[15],其实是战斗过来的,只要敬爱他的人,多发挥这一点,不要七手八脚,专门把他拖进自己所喜欢的油或泥里去做金字招牌就好了。

八月十三日。

* * *

〔1〕 本篇最初发表于1934年8月15日《申报·自由谈》。

〔2〕 朱湘(1904—1933) 安徽太湖人,诗人。曾任安徽大学英文文学系主任。1933年12月5日,因生活窘困投江自尽。著有诗集《草莽集》、《石门集》等。庐隐(1898—1934),本名黄英,福建闽侯人,女作家。1934年5月13日死于难产。著有短篇小说集《海滨故人》、《灵海潮汐》等。

〔3〕 "趋时" 这是林语堂讥讽进步人士的话,见1934年7月

20日《人间世》第八期《时代与人》一文："所以趋时虽然要紧，保持人的本位也一样要紧。"

〔4〕 刘半农从1933年9月《论语》第二十五期开始连续发表打油诗《桐花芝豆堂诗集》，在《自序》中称自己"喜为打油之诗"。

〔5〕 鸳蝴派　即鸳鸯蝴蝶派，兴起于清末民初，多用文言文描写迎合小市民趣味的才子佳人故事，因出版《礼拜六》周刊，故又称礼拜六派。刘半农早期曾以"半侬"笔名为这一派刊物写稿。

〔6〕 骂倒王敬轩　1918年初，《新青年》为了推动文学革命运动，开展对复古派的斗争，曾由编者之一钱玄同化名王敬轩，把当时社会上反对新文化运动的言论集中起来，摹仿封建复古派的口吻写信给《新青年》编辑部；又由刘半农写了一封回信痛加批驳。两信同时发表在当年3月《新青年》第四卷第三号。

〔7〕 "人怕出名猪怕壮"　俗谚，小说《红楼梦》第八十三回王熙凤说："俗语儿说的，'人怕出名猪怕壮'，况且又是个虚名儿……"

〔8〕 康有为（1858—1927）　字广厦，号长素，广东南海人，清末维新运动的领袖。1895年，他联合在北京应试的各省举人一千三百余人向光绪皇帝上"万言书"，要求"变法维新"，改君主专制为君主立宪，史称"公车上书"（汉代用公家的车子递送应征进京的士人，后来就用"公车"作为举人入京应试的代称）。1898年（戊戌）6月，他和谭嗣同、梁启超等受光绪皇帝任用，参预政事，试行变法。同年9月，被以慈禧太后为代表的顽固派所镇压，维新运动遂告失败。以后康有为在海外组织保皇会，反对孙中山领导的民主革命运动；1917年又联络军阀张勋扶植清废帝溥仪复辟。

〔9〕 严复（1854—1921）　字又陵，又字几道，福建闽侯人。清末启蒙思想家、翻译家。曾留学英国海军学校。1894年中日战争后，他

主张变法维新,致力于西方自然科学和资产阶级社会科学思想的介绍,翻译过赫胥黎《天演论》、亚当斯密《原富》、穆勒《名学》和孟德斯鸠《法意》等,对当时中国思想界影响很大。辛亥革命后,他思想逐渐倒退。1915年参加"筹安会",拥护袁世凯称帝。

〔10〕 朴学　语出《汉书·儒林传》:"(倪)宽有俊材,初见武帝,语经学。上曰:'吾始以《尚书》为朴学,弗好,及闻宽说,可观。'乃从宽问一篇。"后来称汉儒考据训诂之学为朴学,也称汉学。清代学者继承汉儒朴学,并有所发展。

〔11〕 太炎　章炳麟(1869—1936),号太炎,浙江余杭人,清末革命家和学者。早期积极参加反对清王朝的斗争,是"光复会"的重要成员之一。辛亥革命以后,逐渐脱离现实斗争,以治国学为业。著有《章氏丛书》、《章氏丛书续编》等。

〔12〕 孙诒让(1848—1908)　字仲容,浙江瑞安人,清末朴学家。著有《周礼正义》、《墨子闲诂》等。

〔13〕 孙传芳(1885—1935)　山东历城人,北洋直系军阀。他盘踞东南五省时,为了提倡复古,于1926年8月6日在南京举行投壶仪式,曾邀请章太炎主持,但章未去。投壶,古代宴会时的一种娱乐,宾主依次把箭投入壶中,负者饮酒。

〔14〕 "呜呼哀哉,尚飨"　这是旧时祭文中常用的结束语。用在这里表示完结的意思。

〔15〕 刘半农自认"没落"的话,见《半农杂文自序》(载1934年6月5日《人间世》第五期):"要是有人根据了我文章中的某某数点而斥我为'落伍',为'没落',我是乐于承受的。"

安贫乐道法[1]

史 贲

孩子是要别人教的,毛病是要别人医的,即使自己是教员或医生。但做人处世的法子,却恐怕要自己斟酌,许多别人开来的良方,往往不过是废纸。

劝人安贫乐道是古今治国平天下的大经络,开过的方子也很多,但都没有十全大补的功效。因此新方子也开不完,新近就看见了两种,但我想:恐怕都不大妥当。

一种是教人对于职业要发生兴趣,一有兴趣,就无论什么事,都乐此不倦了。当然,言之成理的,但到底须是轻松一点的职业。且不说掘煤,挑粪那些事,就是上海工厂里做工至少每天十点的工人,到晚快边就一定筋疲力倦,受伤的事情是大抵出在那时候的。"健全的精神,宿于健全的身体之中"[2],连自己的身体也顾不转了,怎么还会有兴趣?——除非他爱兴趣比性命还利害。倘若问他们自己罢,我想,一定说是减少工作的时间,做梦也想不到发生兴趣法的。

还有一种是极其彻底的:说是大热天气,阔人还忙于应酬,汗流浃背,穷人却挟了一条破席,铺在路上,脱衣服,浴凉风,其乐无穷,这叫作"席卷天下"[3]。这也是一张少见的富有诗趣的药方,不过也有煞风景在后面。快要秋凉了,一早到马路上去走走,看见手捧肚子,口吐黄水的就是那些"席卷天下"的前任活神仙。大约眼前有福,偏不去享的大愚人,世上究竟是不多的,如果精穷真是这么有趣,现在的阔人一定首先躺在马路上,而现在的穷人的席子也没有地方铺开来了。

上海中学会考的优良成绩发表了,有《衣取蔽寒食取充腹论》[4],其中有一段——

"……若德业已立,则虽饔飧不继,捉襟肘见,而其名德足传于后,精神生活,将充分发展,又何患物质生活之不足耶?人生真谛,固在彼而不在此也。……"(由《新语林》第三期转录)

这比题旨更进了一步,说是连不能"充腹"也不要紧的。但中学生所开的良方,对于大学生就不适用,同时还是出现了要求职业的一大群。

事实是毫无情面的东西,它能将空言打得粉碎。有这么的彰明较著,其实,据我的愚见,是大可以不必再玩"之乎者也"了——横竖永远是没有用的。

八月十三日。

*　　*　　*

〔1〕　本篇最初发表于1934年8月16日《申报·自由谈》。

〔2〕　"健全的精神,宿于健全的身体之中"　西洋古格言,见罗马讽刺诗人朱味那尔的《讽刺诗》第十篇。

〔3〕　"席卷天下"　语出汉代贾谊《过秦论》:秦孝公"有席卷天下,包举宇内,囊括四海之意,并吞八荒之心。"

〔4〕《衣取蔽寒食取充腹论》 是1934年上海中学会考的作文试题。《新语林》第三期(1934年8月5日)载埜容(廖沫沙)《拥护会考》一文中,曾根据《上海中学会考特刊》引录了试卷中的这段文字。《新语林》,文艺半月刊,原由徐懋庸主编,第五期起改为"新语林社"编辑,1934年7月在上海创刊,同年10月出至第六期停刊。

奇　　怪[1]

白　道

世界上有许多事实，不看记载，是天才也想不到的。非洲有一种土人，男女的避忌严得很，连女婿遇见丈母娘，也得伏在地上，而且还不够，必须将脸埋进土里去。这真是虽是我们礼义之邦的"男女七岁不同席"[2]的古人，也万万比不上的。

这样看来，我们的古人对于分隔男女的设计，也还不免是低能儿；现在总跳不出古人的圈子，更是低能之至。不同泳，不同行，不同食，不同做电影，[3]都只是"不同席"的演义。低能透顶的是还没有想到男女同吸着相通的空气，从这个男人的鼻孔里呼出来，又被那个女人从鼻孔里吸进去，淆乱乾坤，实在比海水只触着皮肤更为严重。对于这一个严重问题倘没有办法，男女的界限就永远分不清。

我想，这只好用"西法"了。西法虽非国粹，有时却能够帮助国粹的。例如无线电播音，是摩登的东西，但早晨有和尚念经，却不坏；汽车固然是洋货，坐着去打麻将，却总比坐绿呢大轿，好半天才到的打得多几圈。以此类推，防止男女同吸空气就可以用防毒面具，各背一个箱，将养气由管子通到自己的鼻孔里，既免抛头露面，又兼防空演习，也就是"中学为体，西学为用"[4]。凯末尔[5]将军治国以前的土耳其女人的面幕，这回可也万万比不上了。

假使现在有一个英国的斯惠夫德似的人,做一部《格利佛游记》那样的讽刺的小说,[6]说在二十世纪中,到了一个文明的国度,看见一群人在烧香拜龙,作法求雨,[7]赏鉴"胖女",禁杀乌龟;[8]又一群人在正正经经的研究古代舞法,主张男女分途,以及女人的腿应该不许其露出。[9]那么,远处,或是将来的人,恐怕大抵要以为这是作者贫嘴薄舌,随意捏造,以挖苦他所不满的人们的罢。

然而这的确是事实。倘没有这样的事实,大约无论怎样刻薄的天才作家也想不到的。幻想总不能怎样的出奇,所以人们看见了有些事,就有叫作"奇怪"这一句话。

           八月十四日。

* * *

〔1〕 本篇最初发表于1934年8月17日《中华日报·动向》。

〔2〕 "男女七岁不同席" 语出《礼记·内则》:"七年,男女不同席,不共食。"

〔3〕 1934年7月,国民党广东舰队司令张之英等向广东省政府提议禁止男女同场游泳,曾由广州市公安局通令实施。同时又有自称"蚁民"的黄维新,拟具了分别男女界限的五项办法,呈请国民党广东政治研究会采用:(一)禁止男女同车;(二)禁止酒楼茶肆男女同食;(三)禁止旅客男女同住;(四)禁止军民人等男女同行;(五)禁止男女同演影片,并分男女游乐场所。

〔4〕 "中学为体,西学为用" 这是清末洋务派大臣张之洞在

《劝学篇》中提出的主张。

〔5〕 凯末尔(Kemal Atatürk,1881—1938) 通译基马尔,土耳其政治家,土耳其共和国第一任总统。在他执政期间,曾采取一些改革措施,如废除回教历,创新字母,撤去妇女的面罩,废除一夫多妻制等。

〔6〕 斯惠夫德在其长篇小说《格利佛游记》中,通过虚构的"小人国"、"大人国"等描写,讽刺英国上流社会。

〔7〕 烧香拜龙 当时求雨消旱的一种迷信活动,1934年夏天,南方大旱,报上就有南通农民筑泥龙烧香祈雨、苏州举行小白龙出游等报道。作法求雨,国民党政府在当年7月请第九世班禅喇嘛、安钦活佛等在南京、汤山等处祈祷求雨。

〔8〕 赏鉴"胖女" 1934年8月1日,上海先施公司联合各厂商聘请体重七百余磅的美国胖女人尼丽,在该公司二楼表演。禁杀乌龟,当时上海徐家汇沿河一带,有些人捕卖乌龟谋生,上海"中国保护动物会"认为"劈杀龟肉,……势甚惨酷",于1934年2月呈请国民党上海市公安局通令禁止。

〔9〕 研究古代舞法 指1934年8月上海祭孔前演习佾舞。主张男女分途,参看本书《算账》一文注〔8〕。禁止女人露腿,是蒋介石在1934年6月7日手令国民党江西省政府颁布的《取缔妇女奇装异服办法》中的一项:"裤长最短须过膝四寸,不得露腿赤足。"

奇　　怪(二)[1]

白　道

尤墨君[2]先生以教师的资格参加着讨论大众语，那意见是极该看重的。他主张"使中学生练习大众语"，还举出"中学生作文最喜用而又最误用的许多时髦字眼"来，说"最好叫他们不要用"，待他们将来能够辨别时再说，因为是与其"食新不化，何如禁用于先"的。现在摘一点所举的"时髦字眼"在这里——

  共鸣　对象　气压　温度　结晶　彻底　趋势　理智　现实　下意识　相对性　绝对性　纵剖面　横剖面　死亡率……(《新语林》三期)

但是我很奇怪。

那些字眼，几乎算不得"时髦字眼"了。如"对象""现实"等，只要看看书报的人，就时常遇见，一常见，就会比较而得其意义，恰如孩子懂话，并不依靠文法教科书一样；何况在学校中，还有教员的指点。至于"温度""结晶""纵剖面""横剖面"等，也是科学上的名词，中学的物理学矿物学植物学教科书里就有，和用于国文上的意义并无不同。现在竟"最误用"，莫非自己既不思索，教师也未给指点，而且连别的科学也一样的模胡吗？

奇　　怪（二）

　　那么，单是中途学了大众语，也不过是一位中学出身的速成大众，于大众有什么用处呢？大众的需要中学生，是因为他教育程度比较的高，能够给大家开拓知识，增加语汇，能解明的就解明，该新添的就新添；他对于"对象"等等的界说，就先要弄明白，当必要时，有方言可以替代，就译换，倘没有，便教给这新名词，并且说明这意义。如果大众语既是半路出家，新名词也还不很明白，这"落伍"可真是"彻底"了。

　　我想，为大众而练习大众语，倒是不该禁用那些"时髦字眼"的，最要紧的是教给他定义，教师对于中学生，和将来中学生的对于大众一样。譬如"纵断面"和"横断面"，解作"直切面"和"横切面"，就容易懂；倘说就是"横锯面"和"直锯面"，那么，连木匠学徒也明白了，无须识字。禁，是不好的，他们中有些人将永远模胡，"因为中学生不一定个个能升入大学而实现其做文豪或学者的理想的"。

八月十四日。

*　　　*　　　*

　〔1〕　本篇最初发表于1934年8月18日《中华日报·动向》。

　〔2〕　尤墨君（1888—1971）　江苏吴县人，当时杭州师范学校教员。本篇中所引的话见他发表于1934年8月5日《新语林》第三期《怎样使中学生练习大众语》一文。

迎神和咬人[1]

越侨

报载余姚的某乡,农民们因为旱荒,迎神求雨,看客有带帽的,便用刀棒乱打他一通。[2]

这是迷信,但是有根据的。汉先儒董仲舒[3]先生就有祈雨法,什么用寡妇,关城门,乌烟瘴气,其古怪与道士无异,而未尝为今儒所订正。虽在通都大邑,现在也还有天师作法[4],长官禁屠[5],闹得沸反盈天,何尝惹出一点口舌?至于打帽,那是因为恐怕神看见还很有人悠然自得,不垂哀怜;一面则也憎恶他的不与大家共患难。

迎神,农民们的本意是在救死的——但可惜是迷信,——但除此之外,他们也不知道别一样。

报又载有一个六十多岁的老党员,出而劝阻迎神,被大家一顿打,终于咬断了喉管,死掉了。[6]

这是妄信,但是也有根据的。《精忠说岳全传》说张俊陷害忠良,终被众人咬死,[7]人心为之大快。因此乡间就向来有一个传说,谓咬死了人,皇帝必赦,因为怨恨而至于咬,则被咬者之恶,也就可想而知了。我不知道法律,但大约民国以前的律文中,恐怕也未必有这样的规定罢。

咬人,农民们的本意是在逃死的——但可惜是妄信,——

迎神和咬人

但除此之外,他们也不知道别一样。

想救死,想逃死,适所以自速其死,哀哉!

自从由帝国成为民国以来,上层的改变是不少了,无教育的农民,却还未得到一点什么新的有益的东西,依然是旧日的迷信,旧日的讹传,在拚命的救死和逃死中自速其死。

这回他们要得到"天讨"[8]。他们要骇怕,但因为不解"天讨"的缘故,他们也要不平。待到这骇怕和不平忘记了,就只有迷信讹传剩着,待到下一次水旱灾荒的时候,依然是迎神,咬人。

这悲剧何时完结呢?

八月十九日。

附　记:

旁边加上黑点的三句,是印了出来的时候,全被删去了的。是总编辑,还是检查官的斧削,虽然不得而知,但在自己记得原稿的作者,却觉得非常有趣。他们的意思,大约是以为乡下人的意思——虽然是妄信——还不如不给大家知道,要不然,怕会发生流弊,有许多喉管也要危险的。

八月二十二日。

*　　*　　*

〔1〕　本篇最初发表于1934年8月22日《申报·自由谈》。

〔2〕　1934年8月19日《大晚报·社会一周间》载:"(浙江)余姚

各乡,近因大旱,该区陡亹镇农民五百余,吾客乡农民千余,联合举办迎神赛会祈雨。路经各处,均不准乡民戴帽,否则即用刀枪猛砍!"

〔3〕 董仲舒(前179—前104) 广川(今河北枣强)人,西汉经学家。曾任江都相和胶西王相。在他所著《春秋繁露》第七十四篇中有这样的话:"令吏民夫妇皆偶处。凡求雨之大体,丈夫欲藏匿,女子欲和而乐。"又《汉书·董仲舒传》:"仲舒治国,以《春秋》灾异之变推阴阳所以错行,故求雨,闭诸阳,纵诸阴,其止雨反是。"唐代颜师古注:"谓若闭南门,禁举火,及开北门,水洒人之类是也。"

〔4〕 天师作法 1934年7月20日至22日,上海一些"慈善家"及僧人发起"全国各省市亢旱成灾区祈雨消灾大会",由"第六十三代天师张瑞龄"作法求雨。天师,道教对该教创始人东汉张道陵的尊称,他的后裔中承袭道法的人,也相沿称为天师。

〔5〕 长官禁屠 旧时每遇旱灾常有停宰牲畜以求雨的迷信活动。1934年7月上海一些团体联合呈请市政府及江浙两省府下令"断屠一周"。

〔6〕 1934年8月16日《申报》载:"余姚陡亹小学校长兼党部常委徐一清,因劝阻农民迎神祈雨,激动众怒。十二日晚五时,被千余农民殴毙,投入河中;嗣又打捞上岸,咬断喉管。"又同年8月19日《大晚报·社会一周间》载:"据传徐氏现年六十三岁,民国元年加入国民党","徐极爱金钱,时借故向乡人索诈,凡船只经过陡亹时,徐必向舟子索取现费若干。……徐之行为极为乡民所不满,此其惨死之远因云。"

〔7〕《精忠说岳全传》 长篇小说,清代钱彩、金丰编订。张俊参与秦桧陷害岳飞被众人咬死的事,见该书第七十五回。

〔8〕 "天讨" 语出《尚书·皋陶谟》:"天讨有罪,五刑五用哉!"

看书琐记(三)[1]

焉于

创作家大抵憎恶批评家的七嘴八舌。

记得有一位诗人说过这样的话:诗人要做诗,就如植物要开花,因为他非开不可的缘故。如果你摘去吃了,即使中了毒,也是你自己错。

这比喻很美,也仿佛很有道理的。但再一想,却也有错误。错的是诗人究竟不是一株草,还是社会里的一个人;况且诗集是卖钱的,何尝可以白摘。一卖钱,这就是商品,买主也有了说好说歹的权利了。

即使真是花罢,倘不是开在深山幽谷,人迹不到之处,如果有毒,那是园丁之流就要想法的。花的事实,也并不如诗人的空想。

现在可是换了一个说法了,连并非作者,也憎恶了批评家,他们里有的说道:你这么会说,那么,你倒来做一篇试试看!

这真要使批评家抱头鼠窜。因为批评家兼能创作的人,向来是很少的。

我想,作家和批评家的关系,颇有些像厨司和食客。厨司做出一味食品来,食客就要说话,或是好,或是歹。厨司如果觉得不公平,可以看看他是否神经病,是否厚舌苔,是否挟夙嫌,是否想赖账。或者他是否广东人,想吃蛇肉;是否四川人,还要辣椒。于是提出解说或抗议来——自然,一声不响也可以。但是,倘若他对着客人大叫道:"那么,你去做一碗来给我吃吃看!"那却未免有些可笑了。

诚然,四五年前,用笔的人以为一做批评家,便可以高踞文坛,所以速成和乱评的也不少,但要矫正这风气,是须用批评的批评的,只在批评家这名目上,涂上烂泥,并不是好办法。不过我们的读书界,是爱平和的多,一见笔战,便是什么"文坛的悲观"[2]呀,"文人相轻"[3]呀,甚至于不问是非,统谓之"互骂",指为"漆黑一团糟"。果然,现在是听不见说谁是批评家了。但文坛呢,依然如故,不过它不再露出来。

文艺必须有批评;批评如果不对了,就得用批评来抗争,这才能够使文艺和批评一同前进,如果一律掩住嘴,算是文坛已经干净,那所得的结果倒是要相反的。

八月二十二日。

* * *

〔1〕 本篇最初发表于1934年8月23日《申报·自由谈》。原题为《批评家与创作家》。

〔2〕 "文坛的悲观" 1933年8月9日《大晚报·火炬》载小仲的《中国文坛的悲观》一文,把文艺界的思想斗争说成是"内战"、"骂人",使中国文坛"陷入中世纪的黑暗时代"。

〔3〕 "文人相轻" 语出三国魏曹丕《典论·论文》:"文人相轻,自古而然。"当时曾有人把文艺界思想斗争说成"文人相轻"。

"大雪纷飞"[1]

张　沛

人们遇到要支持自己的主张的时候,有时会用一枝粉笔去搪对手的脸,想把他弄成丑角模样,来衬托自己是正生。但那结果,却常常适得其反。

章士钊[2]先生现在是在保障民权了,段政府时代,他还曾经保障文言。他造过一个实例,说倘将"二桃杀三士"用白话写作"两个桃子杀了三个读书人",是多么的不行。这回李焰生[3]先生反对大众语文,也赞成"静珍君之所举,'大雪纷飞',总比那'大雪一片一片纷纷的下着'来得简要而有神韵,酌量采用,是不能与提倡文言文相提并论"的。

我也赞成必不得已的时候,大众语文可以采用文言,白话,甚至于外国话,而且在事实上,现在也已经在采用。但是,两位先生代译的例子,却是很不对劲的。那时的"士",并非一定是"读书人",早经有人指出了;这回的"大雪纷飞"里,也没有"一片一片"的意思,这不过特地弄得累坠,掉着要大众语丢脸的枪花。

白话并非文言的直译,大众语也并非文言或白话的直译。在江浙,倘要说出"大雪纷飞"的意思来,是并不用"大雪一片一片纷纷的下着"的,大抵用"凶","猛"或"厉害",来形容这下雪的样子。倘要"对证古本",则《水浒传》里的一句"那雪正下得紧",就是接近现代的大众语的说法,比"大雪纷飞"多两个字,但那"神韵"却好得远了。

　　一个人从学校跳到社会的上层,思想和言语,都一步一步的和大众离开,那当然是"势所不免"的事。不过他倘不是从小就是公子哥儿,曾经多少和"下等人"有些相关,那么,回心一想,一定可以记得他们有许多赛过文言文或白话文的好话。如果自造一点丑恶,来证明他的敌对的不行,那只是他从隐蔽之处挖出来的自己的丑恶,不能使大众羞,只能使大众笑。大众虽然智识没有读书人的高,但他们对于胡说的人们,却有一个谥法:绣花枕头。这意义,也许只有乡下人能懂的了,因为穷人塞在枕头里面的,不是鸭绒:是稻草。

　　　　　　　　　　　　八月二十二日。

＊　　＊　　＊

　〔1〕　本篇最初发表于1934年8月24日《中华日报·动向》。

　〔2〕　章士钊(1881—1973)　字行严,笔名孤桐,湖南善化(今属长沙)人。早年参加反清活动。1924年至1926年任北洋军阀段祺瑞临时执政府的司法总长兼教育总长,提倡尊孔读经,反对新文化运动。1931年起,他在上海执行律师业务,曾为陈独秀、彭述之等案担任辩护。1934年5月4日《申报》刊载他的《国民党与国家》一文,谈及保障"民权"问题。关于"二桃杀三士",见他的《评新文化运动》(原载1923年8月21、22日上海《新闻报》,1925年9月12日北京《甲寅》周刊第一卷第九号曾重载)一文:"二桃杀三士。谱之于诗。节奏甚美。今曰此于白

话无当也。必曰两个桃子杀了三个读书人。是亦不可以已乎。"按"二桃杀三士"的典故出自《晏子春秋》,这里"士"应作武士讲,章士钊误解为读书人。鲁迅曾先后发表《"两个桃子杀了三个读书人"》(载1923年9月14日北京《晨报副刊》)、《再来一次》(载1926年6月10日北京《莽原》半月刊第十一期)两篇文章,指出他的错误。

〔3〕 李焰生(?—1973) 笔名马儿等,当时《新垒》月刊的主编。他提出所谓"国民语"以反对大众语,这里所引的话见他发表于《社会月报》第一卷第三期(1934年8月)的《由大众语文文学到国民语文文学》一文。他所说的静珍的文章,指《新垒》第四卷第一期(1934年7月)刊载的《文言白话及其繁简》一文,其中说:"文言文往往只有几个字而包涵很多意思,……譬如文言文的'大雪纷飞',这已经简化到一种成语了,见到这四个字马上会起一种严寒中凛然的感觉,而译作白话文'大雪纷纷的下着',那一种严寒中凛然的感觉无形中就淡漠了许多。"

汉字和拉丁化[1]

仲 度

反对大众语文的人，对主张者得意地命令道："拿出货色来看！"[2]一面也真有这样的老实人，毫不问他是诚意，还是寻开心，立刻拚命的来做标本。

由读书人来提倡大众语，当然比提倡白话困难。因为提倡白话时，好好坏坏，用的总算是白话，现在提倡大众语的文章却大抵不是大众语。但是，反对者是没有发命令的权利的。虽是一个残废人，倘在主张健康运动，他绝对没有错；如果提倡缠足，则即使是天足的壮健的女性，她还是在有意的或无意的害人。美国的水果大王，只为改良一种水果，尚且要费十来年的工夫，何况是问题大得多多的大众语。倘若就用他的矛去攻他的盾，那么，反对者该是赞成文言或白话的了，文言有几千年的历史，白话有近二十年的历史，他也拿出他的"货色"来给大家看看罢。

但是，我们也不妨自己来试验，在《动向》上，就已经有过三篇纯用土话的文章[3]，胡绳[4]先生看了之后，却以为还是非土话所写的句子来得清楚。其实，只要下一番工夫，是无论用什么土话写，都可以懂得的。据我个人的经验，我们那里的土话，和苏州很不同，但一部《海上花列传》[5]，却教我"足不出户"的懂了苏白。先是不懂,硬着头皮看下去,参照记事,比较对话,后来就都懂了。自然,很困难。这困难的根,我以为就在汉字。每一个方块汉字,是都有它的意义的,现在用它来照样的写土话,有些是仍用本义的,有些却不过借音,于是我们看下去的时候,就得分析它那几个是用义,那几个是借音,惯了不打紧,开手却非常吃力了。

例如胡绳先生所举的例子,说"回到窝里向罢"也许会当作回到什么狗"窝"里去,反不如说"回到家里去"的清楚[6]。那一句的病根就在汉字的"窝"字,实际上,恐怕是不该这么写法的。我们那里的乡下人,也叫"家里"作 Uwao-li,读书人去抄,也极容易写成"窝里"的,但我想,这 Uwao 其实是"屋下"两音的拼合,而又讹了一点,决不能用"窝"字随便来替代,如果只记下没有别的意义的音,就什么误解也不会有了。

大众语文的音数比文言和白话繁,如果还是用方块字来写,不但费脑力,也很费工夫,连纸墨都不经济。为了这方块的带病的遗产,我们的最大多数人,已经几千年做了文盲来殉难了,中国也弄到这模样,到别国已在人工造雨的时候,我们却还是拜蛇,迎神。如果大家还要活下去,我想:是只好请汉字来做我们的牺牲了。

现在只还有"书法拉丁化"的一条路。这和大众语文是分不开的。也还是从读书人首先试验起,先绍介过字母,拼法,然后写文章。开手是,像日本文那样,只留一点名词之类的汉字,而助词,感叹词,后来连形容词,动词也都用拉丁拼音写,那么,不但顺眼,对于了解也容易得远了。至于改作横行,那是当然的事。

这就是现在马上来实验,我以为也并不难。

不错,汉字是古代传下来的宝贝,但我们的祖先,比汉字还要古,所以我们更是古代传下来的宝贝。为汉字而牺牲我们,还是为我们而牺牲汉字呢?这是只要还没有丧心病狂的人,都能够马上回答的。

八月二十三日。

* * *

〔1〕 本篇最初发表于1934年8月25日《中华日报·动向》。

〔2〕 "拿出货色来看!" 是当时一些反对大众语的人所说的话。如1934年6月26日《申报》本埠增刊《谈言》发表的垢佛《文言和白话论战宣言》一文中说:"可否请几位提倡'大众语'的作家,发表几篇'大众语'的标准作品,使记者和读者,大家来欣赏欣赏,研究研究。"

〔3〕 三篇纯用土话的文章 指《中华日报·动向》1934年8月12日所载何连的《狭路相逢》,16、19日载高而的《一封上海话的信》和《吃官司格人个日记》等三篇文章。

〔4〕 胡绳(1918—2000) 江苏苏州人,哲学家。曾任生活书店编辑、《读书月刊》主编。他在1934年8月23日《中华日报·动向》发表《走上实践的路去——读了三篇用土话写的文章后》一文中说:"自然,何连高而二先生都是用汉字来写出土音的。然而单音的方块头汉字要拼出复杂的方言来,实是不可能的。我曾看见过一本苏州土语的圣经,读起来实在比读白话更难,因为单照字面的读音,你一定还得加一点推测工夫才能懂得。"

〔5〕 《海上花列传》 长篇小说,题云间花也怜侬著。六十四

回。是一部叙述上海妓女生活的作品,书中叙事用语体文,对话用苏州方言。按花也怜侬是韩邦庆(1856—1894)的笔名;韩字子云,江苏松江(今属上海)人。

〔6〕 胡绳在《走上实践的路去——读了三篇用土话写的文章后》一文中说:"并且倘然一个人已经懂得这些汉字了,老实说他更必须读这种用汉字写出的土话文。譬如:'回到窝里向罢,车(按应作身)浪向,又一点力气都没……'这一句话,让一个识字的工人看麻烦实在不小。他也许真会当作这人是回到什么狗'窝'里去?实际上,反不如说:'回到家里去,身上,又一点力气都没'来得清楚明白了。"

"莎士比亚"[1]

苗 挺

严复提起过"狭斯丕尔"[2],一提便完;梁启超[3]说过"莎士比亚",也不见有人注意;田汉[4]译了这人的一点作品,现在似乎不大流行了。到今年,可又有些"莎士比亚""莎士比亚"起来,不但杜衡先生由他的作品证明了群众的盲目[5],连拜服约翰生博士的教授也来译马克斯"牛克斯"的断片[6]。为什么呢?将何为呢?

而且听说,连苏俄也要排演原本"莎士比亚"剧了。

不演还可,一要演,却就给施蛰存先生看出了"丑态"——

"……苏俄最初是'打倒莎士比亚',后来是'改编莎士比亚',现在呢,不是要在戏剧季中'排演原本莎士比亚'了吗?(而且还要梅兰芳去演《贵妃醉酒》呢!)这种以政治方策运用之于文学的丑态,岂不令人齿冷!"(《现代》五卷五期,施蛰存《我与文言文》。)

苏俄太远,演剧季的情形我还不了然,齿的冷暖,暂且听便罢。但梅兰芳和一个记者的谈话,登在《大晚报》的《火炬》上,却没有说要去演《贵妃醉酒》。

施先生自己说:"我自有生以来三十年,除幼稚无知的时代以外,自信思想及言行都是一贯的。……"(同前)这当然非常之好。不过他所"言"的别人的"行",却未必一致,或者是偶然也会不一致的,如《贵妃醉酒》,便是目前的好例。

其实梅兰芳还没有动身,施蛰存先生却已经指定他要在"无产阶级"面前赤膊洗澡。这么一来,他们岂但"逐渐沾染了资产阶级的'余毒'"[7]而已呢,也要沾染中国的国粹了。他们的文学青年,将来要描写宫殿的时候,会在"《文选》与《庄子》"里寻"词汇"[8]也未可料的。

但是,做《贵妃醉酒》固然使施先生"齿冷",不做一下来凑趣,也使预言家倒霉。两面都要不舒服,所以施先生又自己说:"在文艺上,我一向是个孤独的人,我何敢多撄众怒?"(同前)

末一句是客气话,赞成施先生的其实并不少,要不然,能堂而皇之的在杂志上发表吗?——这"孤独"是很有价值的。

九月二十日。

* * *

〔1〕 本篇最初发表于1934年9月23日《中华日报·动向》。

〔2〕 "狭斯丕尔" 即莎士比亚。严复《天演论·导言十六·进微》:"词人狭斯丕尔之所写生,方今之人,不仅声音笑貌同也,凡攻相感不相得之情,又无以异。"

〔3〕 梁启超(1873—1929) 字卓如,号任公,广东新会人,学者,清末维新运动的领导者之一。著有《饮冰室文集》。他在《小说零简·新罗马传奇·楔子》中说:"因此老夫想著拉了两位忘年朋友,一个

系英国的索士比亚,一个便是法国的福禄特尔,同去瞧听一回。"

〔4〕 田汉(1898—1968) 字寿昌,湖南长沙人,戏剧家,左翼戏剧家联盟领导人之一。他翻译的莎士比亚的《哈孟雷特》、《柔密欧与朱丽叶》两剧,分别于1922年、1924年由上海中华书局出版。

〔5〕 见杜衡在《文艺风景》创刊号(1934年6月)发表的《莎剧凯撒传中所表现的群众》。参看本书《又是"莎士比亚"》。

〔6〕 拜服约翰生博士的教授 指梁实秋,当时任青岛大学教授。他曾在北京《学文》月刊第一卷第二期(1934年5月)发表译文《莎士比亚论金钱》,是根据英国《Adelphi》杂志1933年10月号登载的马克思《一八四四年经济学——哲学手稿》中的《货币》一段翻译的。约翰生(S. Johnson,1709—1784),英国作家、文学批评家。梁实秋曾著《约翰生》一书(1934年1月出版),并多次推崇约翰生,如在《文艺批评论》一书中说他是"有眼光的哲学家"、"伟大的批评家"。马克斯"牛克斯",是吴稚晖在1927年5月写给汪精卫的信中谩骂马克思主义的话。

〔7〕 施蛰存在《我与文言文》中说:"五年计划逐渐成功,革命时代的狂气逐渐消散,无产阶级逐渐沾染了资产阶级的'余毒',再回头来读读旧时代的文学作品,才知道它们也并不是完全没有意思的东西。于是,为了文饰以前的愚蠢的谬误起见,巧妙地想出了'文学的遗产'这个名词来作为承认旧时代文学的'理论的根据'。"

〔8〕 "《文选》与《庄子》"里寻"词汇" 参看本书《古人并不纯厚》一文注〔6〕。

商贾的批评[1]

及 锋

中国现今没有好作品，早已使批评家或胡评家不满，前些时还曾经探究过它的所以没有的原因。结果是没有结果。但还有新解释。林希隽[2]先生说是因为"作家毁掉了自己，以投机取巧的手腕"去作"杂文"了，所以也害得做不成莘克莱[3]或托尔斯泰（《现代》九月号）。还有一位希隽[4]先生，却以为"在这资本主义的社会里头，……作家无形中也就成为商贾了。……为了获利较多的报酬起见，便也不得不采用'粗制滥造'的方法，再没有人殚精竭虑用苦工夫去认真创作了。"（《社会月报》九月号）

着眼在经济上，当然可以说是进了一步。但这"殚精竭虑用苦工夫去认真创作"出来的学说，和我们只有常识的见解是很不一样的。我们向来只以为用资本来获利的是商人，所以在出版界，商人是用钱开书店来赚钱的老板。到现在才知道用文章去卖有限的稿费的也是商人，不过是一种"无形中"的商人。农民省几斗米去出售，工人用筋力去换钱，教授卖嘴，妓女卖淫，也都是"无形中"的商人。只有买主不是商人了，但他的钱一定是用东西换来的，所以也是商人。于是"在这资本主义社会里头"，个个都是商人，但可分为在"无形中"和有形中的两大类。

　　用希隽先生自己的定义来断定他自己,自然是一位"无形中"的商人;如果并不以卖文为活,因此也无须"粗制滥造",那么,怎样过活呢,一定另外在做买卖,也许竟是有形中的商人了,所以他的见识,无论怎么看,总逃不脱一个商人见识。

　　"杂文"很短,就是写下来的工夫,也决不要写"和平与战争"(这是照林希隽先生的文章抄下来的)[5],原名其实是《战争与和平》)的那么长久,用力极少,是一点也不错的。不过也要有一点常识,用一点苦工,要不然,就是"杂文",也不免更进一步的"粗制滥造",只剩下笑柄。作品,总是有些缺点的。亚波理奈尔[6]咏孔雀,说它翘起尾巴,光辉灿烂,但后面的屁股眼也露出来了。所以批评家的指摘是要的,不过批评家这时却也就翘起了尾巴,露出他的屁眼。但为什么还要呢,就因为它正面还有光辉灿烂的羽毛。不过倘使并非孔雀,仅仅是鹅鸭之流,它应该想一想翘起尾巴来,露出的只有些什么!

九月二十五日。

※　　※　　※

〔1〕　本篇最初发表于1934年9月29日《中华日报·动向》。

〔2〕　林希隽　广东潮安人,当时上海大夏大学学生。他在《现代》第五卷第五期(1934年9月)上发表的反对杂文的文章,题为《杂文与杂文家》。

〔3〕 芉克莱（U. Sindair, 1878—1968） 通译辛克莱。美国小说家。著有长篇小说《屠场》等。

〔4〕 希隽　即林希隽。他在《社会月报》第一卷第四期（1934年9月）发表的文章，题为《文章商品化》。《社会月报》，综合性刊物，陈灵犀主编，1934年6月在上海创刊，1935年9月停刊。

〔5〕 林希隽在《杂文与杂文家》中说："俄国为什么能够有《和平与战争》这类伟大的作品的产生？美国为什么能够有辛克莱、杰克·伦敦等享世界盛誉的伟大的作家？而我们的作家呢，岂就永远写写杂文而引为莫大的满足么？"《和平与战争》，应为《战争与和平》，俄国作家托尔斯泰的长篇小说。

〔6〕 亚波理奈尔（G. Apollinaire, 1880—1918） 法国诗人。《咏孔雀》是他的《动物寓言诗》（《Le Bestiaire》）中的一首短诗。

中秋二愿[1]

白　道

前几天真是"悲喜交集"。刚过了国历的九一八，就是"夏历"的"中秋赏月"，还有"海宁观潮"[2]。因为海宁，就又有人来讲"乾隆皇帝是海宁陈阁老的儿子"[3]了。这一个满洲"英明之主"，原来竟是中国人掉的包，好不阔气，而且福气。不折一兵，不费一矢，单靠生殖机关便革了命，真是绝顶便宜。

中国人是尊家族，尚血统的，但一面又喜欢和不相干的人们去攀亲，我真不知道是什么意思。从小以来，什么"乾隆是从我们汉人的陈家悄悄的抱去的"呀，"我们元朝是征服了欧洲的"呀之类，早听的耳朵里起茧了，不料到得现在，纸烟铺子的选举中国政界伟人投票，还是列成吉思汗为其中之一人；[4]开发民智的报章，还在讲满洲的乾隆皇帝是陈阁老的儿子。[5]

古时候，女人的确去和过番[6]；在演剧里，也有男人招为番邦的驸马，占了便宜，做得津津有味。就是近事，自然也还有拜侠客做干爷，给富翁当赘婿，[7]陡了起来的，不过这不能算是体面的事情。男子汉，大丈夫，还当别有所能，别有所志，自恃着智力和另外的体力。要不然，我真怕将来大家又大说一通日本人是徐福[8]的子孙。

一愿：从此不再胡乱和别人去攀亲。

但竟有人给文学也攀起亲来了，他说女人的才力，会因与男性的肉体关系而受影响，并举欧洲的几个女作家，都有文人做情人来作证据。于是又有人来驳他，说这是弗洛伊特说，不可靠。[9]其实这并不是弗洛伊特说，他不至于忘记梭格拉第[10]太太全不懂哲学，托尔斯泰太太不会做文章这些反证的。况且世界文学史上，有多少中国所谓"父子作家""夫妇作家"那些"肉麻当有趣"的人物在里面？因为文学和梅毒不同，并无霉菌，决不会由性交传给对手的。至于有"诗人"在钓一个女人，先捧之为"女诗人"[11]，那是一种讨好的手段，并非他真传染给她了诗才。

二愿：从此眼光离开脐下三寸。

九月二十五日。

* * *

〔1〕 本篇最初发表于1934年9月28日《中华日报·动向》。

〔2〕 "海宁观潮" 海宁在浙江省钱塘江下游，钱塘江潮以在海宁所见最为壮观，每年中秋后三日内潮水最高时，前往观赏的人很多。

〔3〕 "乾隆皇帝是海宁陈阁老的儿子" 海宁陈阁老，即清代陈元龙(1652—1736)，字广陵，号乾斋，康熙二十四年进士，曾任文渊阁大学士兼礼部尚书。关于这里所说的传说，记载很多，陈怀《清史要略》第二编第九章："弘历(乾隆)为海宁陈氏子，非世宗(雍正)子也……康熙间，雍王与陈氏尤相善，会两家各生子，其岁月日时皆同；王闻而喜，命

抱之来,久之送归,则竟非己子,且易男为女矣。陈氏惧不敢辩,遂力密之。"

〔4〕 1934年9月3日上海中国华美烟公司为推销"光华牌"香烟,举办"中国历史上标准伟人选举奖学金",共列候选人二百名,分元首、圣哲、文臣、武将、文学、技艺、豪侠、女范八栏,把成吉思汗列为元首中第十三人。

〔5〕 1934年9月25日《申报·春秋》"观潮特刊"上有溪南的《乾隆皇帝与海宁》一文,讲的就是这个故事。

〔6〕 旧时汉族称边境少数民族或外国为"番"或"番邦"。汉族皇帝出于政治上的需要,将公主嫁给外族首领,称为"和亲",民间称为"和番"。

〔7〕 拜侠客做干爷 指和上海流氓帮口头子有勾结,拜他们做"干爷"、"师傅"的市侩文人。给富翁当赘婿,指当时文人邵洵美等,邵是清末大官僚资本家盛宣怀的孙女婿。

〔8〕 徐福 一作徐市,琅玡(治今山东胶南)人,秦代的方士。据《史记·秦始皇本纪》记载,秦始皇听信徐福的话,派他带童男童女数千人入海求仙,数年不得。《史记·淮南衡山列传》又载,徐福渡海,"得平原广泽,止王不来"。大概从汉代起,有徐福航海到日本即留日未返的传说。

〔9〕 关于女人的才力因与男性的关系而受影响的说法,见1934年8月29日天津《庸报·另外一页》发表署名山的《评日本女作家——思想转移多与生理有关系》一文,其中说:"女流作家多分地接受着丈夫的暗示。在生理学上,女人与男人交合后,女人的血液中,即存有了男人的素质,而且实际在思想上也沾染了不少的暗示。"同年9月16日《申报·妇女园地》第三十一期发表陈君冶的《论女作家的生理影响与

生活影响》一文,认为这种观点是受了弗洛伊德学说的影响,文中说:"关于女流作家未能产生如男作家的丰富的创作,决不能从弗罗伊德主义生理的解释,获得正确的结论,弗罗伊德主义所闹的笑话,也已经够多了!我们如欲找出女流作家不多及他们的作品不丰富的原因,我们只有拿史的唯物论来作解答的根源!"弗洛伊特说,奥地利精神病学家弗洛伊德(S. Freud,1856—1939)创立的精神分析学说。这种学说,认为文学、艺术、哲学、宗教等一切精神现象,都是人们受压抑而潜藏在下意识里的某种"生命力"(Libido),特别是性欲的潜力所产生的。

〔10〕 梭格拉第(Sokrates,前469—前399) 通译苏格拉底,古希腊哲学家。

〔11〕 "女诗人" 指当时上海大买办虞洽卿的孙女虞岫云。1930年1月以虞琰的笔名出版诗集《湖风》(上海现代书局初版),内容充满"痛啊"、"悲愁"之类词语。一些人曾加以吹捧,如汤增敭、曾今可曾写过《虞琰的〈湖风〉——介绍一位我们的女诗人》、《女诗人虞岫云访问记》等。

考场三丑[1]

黄　棘

古时候,考试八股的时候,有三样卷子,考生是很失面子的,后来改考策论[2]了,恐怕也还是这样子。第一样是"缴白卷",只写上题目,做不出文章,或者简直连题目也不写。然而这最干净,因为别的再没有什么枝节了。第二样是"钞刊文"[3],他先已有了侥幸之心,读熟或带进些刊本的八股去,倘或题目相合,便即照钞,想瞒过考官的眼。品行当然比"缴白卷"的差了,但文章大抵是好的,所以也没有什么另外的枝节。第三样,最坏的是瞎写,不及格不必说,还要从瞎写的文章里,给人寻出许多笑话来。人们在茶余酒后作为谈资的,大概是这一种。

"不通"还不在其内,因为即使不通,他究竟是在看题目做文章了;况且做文章做到不通的境地也就不容易,我们对于中国古今文学家,敢保证谁决没有一句不通的文章呢?有些人自以为"通",那是因为他连"通""不通"都不了然的缘故。

今年的考官之流,颇在讲些中学生的考卷的笑柄。其实这病源就在于瞎写。那些题目,是只要能够钞刊文[4],就都及格的。例如问"十三经"是什么,文天祥是那朝人,全用不着自己来挖空心思做,一做,倒糟糕。于是使文人学士大叹国学之衰落,青年之不行,好像惟有他们是文林中的硕果似的,像煞有介事了。

但是,钞刊文可也不容易。假使将那些考官们锁在考场里,骤然问他几条较为陌生的古典,大约即使不瞎写,也未必不缴白卷的。我说这话,意思并不在轻议已成的文人学士,只以为古典多,记不清不足奇,都记得倒古怪。古书不是很有些曾经后人加过注解的么?那都是坐在自己的书斋里,查群籍,翻类书,穷年累月,这才脱稿的,然而仍然有"未详",有错误。现在的青年当然是无力指摘它了,但作证的却有别人的什么"补正"在;而且补而又补,正而又正者,也时或有之。

由此看来,如果能钞刊文,而又敷衍得过去,这人便是现在的大人物;青年学生有一些错,不过是常人的本分而已,但竟为世诟病,我很诧异他们竟没有人呼冤。

九月二十五日。

* * *

〔1〕 本篇最初发表于 1934 年 10 月 20 日《太白》半月刊第一卷第三期。

〔2〕 策论 封建时代考试的一种文体。即用有关政事、经义的问题为题,命应试者书面各陈己见。清光绪末年,曾两次下令废除八股,改用策论。

〔3〕 "钞刊文" 科举时代,刊印中试前列者的八股文章,以供应试人作揣摩之用,如《三场闱墨》之类,称为刊文。"钞刊文"就是在考试时直接钞袭刊文上的文章。

〔4〕 这里所说的刊文,指当时《会考升学指导》一类书籍。

又是"莎士比亚"[1]

苗 挺

苏俄将排演原本莎士比亚,可见"丑态";[2]马克思讲过莎士比亚,当然错误;[3]梁实秋教授将翻译莎士比亚,每本大洋一千元;[4]杜衡先生看了莎士比亚,"还再需要一点做人的经验"了。[5]

我们的文学家杜衡先生,好像先前是因为没有自己觉得缺少"做人的经验",相信群众的,但自从看了莎氏的《凯撒传》[6]以来,才明白"他们没有理性,他们没有明确的利害观念;他们底感情是完全被几个煽动家所控制着,所操纵着"。(杜衡:《莎剧凯撒传里所表现的群众》,《文艺风景》[7]创刊号所载。)自然,这是根据"莎剧"的,和杜先生无关,他自说现在也还不能判断它对不对,但是,觉得自己"还再需要一点做人的经验",却已经明白无疑了。

这是"莎剧凯撒传里所表现的群众"对于杜衡先生的影响。但杜文《莎剧凯撒传里所表现的群众》里所表现的群众,又怎样呢?和《凯撒传》里所表现的也并不两样——

"……这使我们想起在近几百年来的各次政变中所时常看到的,'鸡来迎鸡,狗来迎狗'式……那些可痛心的情形。……人类底进化究竟在那儿呢?抑或我们这个东方古国至今还停滞在二千年前的罗马所曾经过的文明底阶段上呢？"

真的，"发思古之幽情"[8]，往往为了现在。这一比，我就疑心罗马恐怕也曾有过有理性，有明确的利害观念，感情并不被几个煽动家所控制，所操纵的群众，但是被驱散，被压制，被杀戮了。莎士比亚似乎没有调查，或者没有想到，但也许是故意抹杀的，他是古时候的人，有这一手并不算什么玩把戏。

不过经他的贵手一取舍，杜衡先生的名文一发挥，却实在使我们觉得群众永远将是"鸡来迎鸡，狗来迎狗"的材料，倒还是被迎的有出息；"至于我，老实说"，还竟有些以为群众之无能与可鄙，远在"鸡""狗"之上的"心情"了。自然，这是正因为爱群众，而他们太不争气了的缘故——自己虽然还不能判断，但是，"这位伟大的剧作者是把群众这样看法的"呀，有谁不信，问他去罢！

十月一日。

*　　　*　　　*

〔1〕 本篇最初发表于1934年10月4日《中华日报·动向》。

〔2〕 指1933年苏联室内剧院排演诗人卢戈夫斯科伊翻译的莎士比亚的戏剧《安东尼与克莉奥佩特拉》。"丑态"，是施蛰存讥讽当时苏联文艺政策的话，参看本书《莎士比亚》一文。

〔3〕 马克思曾多次讲到或引用莎士比亚作品，如在《政治经济学批判·导言》及1859年4月19日《致斐·拉萨尔》信中，讲到莎士比亚作品的现实主义问题，在《一八四四年经济学——哲学手稿》及《资本

论》第一卷第三章《货币或商品流通》中,用《雅典的泰门》剧中的诗作例或作注;在《拿破仑第三政变记》第五节中,用《仲夏夜之梦》剧中人物作例,等等。

〔4〕 当时胡适等主持的中华教育文化基金董事会所属编译委员会,曾以高额稿酬约定梁实秋翻译莎士比亚剧本。

〔5〕 见杜衡《莎剧凯撒传里所表现的群众》一文。

〔6〕 《凯撒传》 又译《裘力斯·凯撒》,莎士比亚早期的历史剧,内容是写古罗马统治阶级内部的斗争。凯撒(G. J. Caesar,前100—前44),古罗马政治家、军事家。先后当选为执政官、独裁官。

〔7〕 《文艺风景》 文艺月刊,施蛰存主编,1934年6月创刊,7月停刊,上海光华书局发行。

〔8〕 "发思古之幽情" 语出东汉班固《西都赋》:"摅怀旧之蓄念,发思古之幽情"。

点 句 的 难[1]

张　沛

看了《袁中郎全集校勘记》[2]，想到了几句不关重要的话，是：断句的难。

前清时代，一个塾师能够不查他的秘本，空手点完了"四书"，在乡下就要算一位大学者，这似乎有些可笑，但是很有道理的。常买旧书的人，有时会遇到一部书，开首加过句读，夹些破句，中途却停了笔：他点不下去了。这样的书，价钱可以比干净的本子便宜，但看起来也真教人不舒服。

标点古书，印了出来，是起于"文学革命"时候的；用标点古文来试验学生，我记得好像是同时开始于北京大学，这真是恶作剧，使"莘莘学子"[3]闹出许多笑话来。

这时候，只好一任那些反对白话，或并不反对白话而兼长古文的学者们讲风凉话。然而，学者们也要"技痒"的，有时就自己出手。一出手，可就有些糟了，有几句点不断，还有可原，但竟连极平常的句子也点了破句。

古文本来也常常不容易标点，譬如《孟子》里有一段，我们大概是这样读法的："有冯妇者，善搏虎，卒为善士。则之野，有众逐虎。虎负嵎，莫之敢撄。望见冯妇，趋而迎之。冯妇攘臂下车，众皆悦之，其为士者笑之。"但也有人说应该断为"卒为善,士则之,野有众逐虎……"的。[4]这"笑"他的"士",就是先前"则"他的"士",要不然,"其为士"就太鹘突了。但也很难决定究竟是那一面对。

不过倘使是调子有定的词曲,句子相对的骈文,或并不艰深的明人小品,标点者又是名人学士,还要闹出一些破句,可未免令人不遭蚊子叮,也要起疙瘩了。嘴里是白话怎么坏,古文怎么好,一动手,对古文就点了破句,而这古文又是他正在竭力表扬的古文。破句,不就是看不懂的分明的标记么?说好说坏,又从那里来的?

标点古文真是一种试金石,只消几点几圈,就把真颜色显出来了。

但这事还是不要多谈好,再谈下去,我怕不久会有更高的议论,说标点是"随波逐流"的玩意,有损"性灵",[5]应该排斥的。

十月二日。

※　　　※　　　※

〔1〕　本篇最初发表于1934年10月5日《中华日报·动向》。

〔2〕　《袁中郎全集校勘记》　载于1934年10月2日《中华日报·动向》,署"袁大郎再校",内容是指摘刘大杰标点、林语堂校阅、时代图书公司印行的《袁中郎全集》中的断句错误。

〔3〕　"莘莘学子"　语出晋代潘尼《释奠颂》:"莘莘胄子,祁祁学生"。

〔4〕　冯妇搏虎,见《孟子·尽心(下)》。关于这段文字的断句,

宋代刘昌诗《芦浦笔记·冯妇》中曾有这样的意见："《孟子》'晋人有冯妇者善搏虎卒为善士则之野有众逐虎'云云……至今读者,以'卒为善士'为一句,'则之野'为一句。以余味其言,则恐合以'卒为善'为一句,'士则之'为一句,'野有众逐虎'为一句。盖其有搏虎之勇,而卒能为善,故士以为则;及其不知止,则士以为笑。'野有众逐虎'句意亦健,何必谓之野外,而后云攘臂也。"

〔5〕 这是对林语堂的讽刺。林在《人间世》第十二期(1934年9月)《辜鸿铭特辑·辑者弁言》中说过:"今日随波逐流之人太多,这班人才不值得研究"的话。"性灵",是当时林语堂提倡的一种文学主张。他在《论语》第十五期(1933年4月16日)发表的《论文》中说:"文章者,个人性灵之表现。性灵之为物,惟我知之,生我之父母不知,同床之吾妻亦不知。然文学之生命实寄托于此。"

奇　　怪(三)[1]

白　道

"中国第一流作家"叶灵凤和穆时英两位先生编辑的《文艺画报》[2]的大广告,在报上早经看见了。半个多月之后,才在店头看见这"画报"。既然是"画报",看的人就自然也存着看"画报"的心,首先来看"画"。

不看还好,一看,可就奇怪了。

戴平万[3]先生的《沈阳之旅》里,有三幅插图有些像日本人的手笔,记了一记,哦,原来是日本杂志店里,曾经见过的在《战争版画集》里的料治朝鸣[4]的木刻,是为记念他们在奉天的战胜而作的,日本记念他对中国的战胜的作品,却就是被战胜国的作者的作品的插图——奇怪一。

再翻下去是穆时英先生的《墨绿衫的小姐》里,有三幅插画有些像麦绥莱勒[5]的手笔,黑白分明,我曾从良友公司翻印的四本小书里记得了他的作法,而这回的木刻上的署名,也明明是 FM 两个字。莫非我们"中国第一流作家"的这作品,是豫先翻成法文,托麦绥莱勒刻了插画来的吗?——奇怪二。

这回是文字,《世界文坛了望台》[6]了。开头就说,"法国的龚果尔奖金[7],去年出人意外地(白注:可恨!)颁给了一

奇　　怪（三）

部以中国作题材的小说《人的命运》,它的作者是安得烈马尔路[8]",但是,"或者由于立场的关系,这书在文字上总是受着赞美,而在内容上却一致的被一般报纸评论攻击,好像惋惜像马尔路这样才干的作家,何必也将文艺当作了宣传的工具"云。这样一"了望","好像"法国的为龚果尔奖金审查文学作品的人的"立场",乃是赞成"将文艺当作了宣传工具"的了——奇怪三。

不过也许这只是我自己的"少见多怪",别人倒并不如此的。先前的"见怪者",说是"见怪不怪,其怪自败"[9],现在的"怪"却早已声明着,叫你"见莫怪"了。开卷就有《编者随笔》在——

"只是每期供给一点并不怎样沉重的文字和图画,使对于文艺有兴趣的读者能醒一醒被其他严重的问题所疲倦了的眼睛,或者破颜一笑,只是如此而已。"

原来"中国第一流作家"的玩着先前活剥"琵亚词侣"[10],今年生吞麦绥莱勒的小玩艺,是在大才小用,不过要给人"醒一醒被其他严重的问题所疲倦了的眼睛,或者破颜一笑"。如果再从这醒眼的"文艺画"上又发生了问题,虽然并不"严重",不是究竟也辜负了两位"中国第一流作家"献技的苦心吗?

那么,我也来"破颜一笑"吧——

哈!

　　　　　　　　　　　　　　十月二十五日。

* * *

〔1〕 本篇最初发表于1934年10月26日《中华日报·动向》。

〔2〕 叶灵凤(1904—1975) 江苏南京人,作家和画家,曾是创造社成员。穆时英(1912—1940),浙江慈溪人,作家。后任汪伪政府宣传部新闻宣传处长,被刺杀。《文艺画报》,月刊,叶灵凤、穆时英合编。1934年10月创刊,1935年4月停刊,共出四期,上海杂志公司发行。

〔3〕 戴平万(1903—1945) 又名万叶,广东潮安人,作家,"左联"成员。他的《沈阳之旅》发表在《文艺画报》创刊号。

〔4〕 料治朝鸣 日本版画家,1932年4月创办《版艺术》杂志。鲁迅曾购订收藏。《战争版画集》为《版艺术》杂志的特集,1933年7月出版。

〔5〕 麦绥莱勒(F. Masereel, 1889—1972) 通译麦绥莱尔,比利时画家、木刻家。1933年9月上海良友图书印刷公司曾翻印出版他的四种木刻连环画,其中《一个人的受难》由鲁迅作序。

〔6〕 《世界文坛了望台》 《文艺画报》的一个介绍世界各国文艺消息的专栏。

〔7〕 龚果尔奖金 是法国为纪念十九世纪自然主义作家龚果尔(通译龚古尔)兄弟而设的文学奖金。1933年颁发第三十一次奖。龚古尔兄弟,即爱德蒙·龚古尔(E. de Goncourt, 1822—1896)和于勒·龚古尔(J. de Goncourt, 1830—1870)。

〔8〕 安得烈马尔路(A. Malraux, 1901—1976) 通译安德烈·马尔罗,法国作家。《人的命运》,又译《人类的命运》,是一部以1927年上海四一二大屠杀为背景的长篇小说,1933年出版。

〔9〕 "见怪不怪,其怪自败" 古谚语,宋代郭彖《睽车志》曾引此语。

〔10〕"琵亚词侣"（A. Beardsley, 1872—1898） 通译毕亚兹莱，英国画家。作品多用图案性的黑白线条描写社会生活。叶灵凤曾模仿他的作品。

略论梅兰芳及其他(上)[1]

张 沛

崇拜名伶原是北京的传统。辛亥革命后,伶人的品格提高了,这崇拜也干净起来。先只有谭叫天[2]在剧坛上称雄,都说他技艺好,但恐怕也还夹着一点势利,因为他是"老佛爷"——慈禧太后[3]赏识过的。虽然没有人给他宣传,替他出主意,得不到世界的名声,却也没有人来为他编剧本。我想,这不来,是带着几分"不敢"的。

后来有名的梅兰芳可就和他不同了。梅兰芳不是生,是旦,不是皇家的供奉[4],是俗人的宠儿,这就使士大夫敢于下手了。士大夫是常要夺取民间的东西的,将竹枝词[5]改成文言,将"小家碧玉"[6]作为姨太太,但一沾着他们的手,这东西也就跟着他们灭亡。他们将他从俗众中提出,罩上玻璃罩,做起紫檀架子来。教他用多数人听不懂的话,缓缓的《天女散花》,扭扭的《黛玉葬花》,先前是他做戏的,这时却成了戏为他而做,凡有新编的剧本,都只为了梅兰芳,而且是士大夫心目中的梅兰芳。雅是雅了,但多数人看不懂,不要看,还觉得自己不配看了。

士大夫们也在日见其消沉,梅兰芳近来颇有些冷落。

因为他是旦角,年纪一大,势必至于冷落的吗?不是的,老十三旦[7]七十岁了,一登台,满座还是喝采。为什么呢?就因为他没有被士大夫据为己有,罩进玻璃罩。

名声的起灭,也如光的起灭一样,起的时候,从近到远,灭的时候,远处倒还留着余光。梅兰芳的游日,游美,[8]其实已不是光的发扬,而是光在中国的收敛。他竟没有想到从玻璃罩里跳出,所以这样的搬出去,还是这样的搬回来。

他未经士大夫帮忙时候所做的戏,自然是俗的,甚至于猥下,肮脏,但是泼剌,有生气。待到化为"天女",高贵了,然而从此死板板,矜持得可怜。看一位不死不活的天女或林妹妹,我想,大多数人是倒不如看一个漂亮活动的村女的,她和我们相近。

然而梅兰芳对记者说,还要将别的剧本改得雅一些。

十一月一日。

* * *

〔1〕 本篇最初发表于1934年11月5日《中华日报·动向》。

〔2〕 谭叫天　谭鑫培(1847—1917),艺名小叫天,湖北江夏(今武昌)人,京剧演员,擅长老生戏。1890年(光绪十六年)曾被召入清宫升平署承值,为慈禧太后演戏。

〔3〕 慈禧太后(1835—1908)　清代咸丰帝妃,同治即位,被尊为太后,是同治、光绪两朝的实际统治者。"老佛爷",清宫中太监对太上皇或皇太后的称呼。

〔4〕 供奉　旧时对在皇帝左右供职者的称呼。清代也用以称进入宫廷的演员。

〔5〕 竹枝词　古代民歌,多为七言,历代文人常有仿作。宋代郭茂倩《乐府诗集》卷八十一:"竹枝本出于巴渝。唐贞元中,刘禹锡在沅湘,以俚歌鄙陋,乃依骚人《九歌》作《竹枝新词》九章,教里中儿歌之。由是盛于贞元、元和之间。"

〔6〕 "小家碧玉"　语出《乐府诗集·碧玉歌》:"碧玉小家女,不敢攀贵德"。

〔7〕 老十三旦　即侯俊山(1854—1935),艺名喜麟,山西洪洞人,山西梆子演员。因十三岁演戏成名,故称十三旦。清代申左梦畹生《粉墨丛谈》说:"癸酉(1873)、甲戌(1874)间,十三旦以艳名噪燕台。"当时梆子腔深受劳动群众所喜爱,士大夫则多抱歧视的态度,如李慈铭在《越缦堂日记》(清同治十二年二月一日)中说:"都中向有梆子腔,多市井鄙秽之剧,惟舆隶贾竖听之。"

〔8〕 梅兰芳曾于1919年、1924年访日演出,1929年至1930年访美演出。

略论梅兰芳及其他(下)[1]

张　沛

而且梅兰芳还要到苏联去。

议论纷纷。我们的大画家徐悲鸿教授也曾到莫斯科去画过松树——也许是马,[2]我记不真切了——国内就没有谈得这么起劲。这就可见梅兰芳博士之在艺术界,确是超人一等的了。

而且累得《现代》的编辑室里也紧张起来。首座编辑施蛰存先生曰:"而且还要梅兰芳去演《贵妃醉酒》呢!"(《现代》五卷五期。)要这么大叫,可见不平之极了,倘不豫先知道性别,是会令人疑心生了脏躁症[3]的。次座编辑杜衡先生曰:"剧本鉴定的工作完毕,则不妨选几个最前进的戏先到莫斯科去宣传为梅兰芳先生'转变'后的个人的创作。……因为照例,到苏联去的艺术家,是无论如何应该事先表示一点'转变'的。"(《文艺画报》创刊号。)这可冷静得多了,一看就知道他手段高妙,足使齐如山[4]先生自愧弗及,赶紧来请帮忙——帮忙的帮忙。

但梅兰芳先生却正在说中国戏是象征主义,[5]剧本的字句要雅一些,他其实倒是为艺术而艺术,他也是一位"第三种人"。

花边文学

那么,他是不会"表示一点'转变'的",目前还太早一点。他也许用别一个笔名,做一篇剧本,描写一个知识阶级,总是专为艺术,总是不问俗事,但到末了,他却究竟还在革命这一方面。这就活动得多了,不到末了,花呀光呀,倘到末了,做这篇东西的也就是我呀,那不就在革命这一方面了吗?

但我不知道梅兰芳博士可会自己做了文章,却用别一个笔名,来称赞自己的做戏;或者虚设一社,出些什么"戏剧年鉴",亲自作序,说自己是剧界的名人?[6]倘使没有,那可是也不会玩这一手的。

倘不会玩,那可真要使杜衡先生失望,要他"再亮些"[7]了。

还是带住罢,倘再"略论"下去,我也要防梅先生会说因为被批评家乱骂,害得他演不出好戏来。[8]

十一月一日。

*　　*　　*

〔1〕　本篇最初发表于1934年11月6日《中华日报·动向》。

〔2〕　徐悲鸿于1934年5月应苏联对外文化事业委员会邀请,去苏联参加中国画展览会,曾在莫斯科中国大使馆举行的招待会上即席作画一竹一马。

〔3〕　脏躁症　中医妇科病术语。《金匮要略》:"妇人脏躁,悲伤欲哭,数欠伸,甘麦大枣汤主之。"

〔4〕　齐如山(1876—1962)　名宗康,字如山,河北高阳人。当时北平国剧学会会长,曾为梅兰芳编过剧本。杜衡在《文艺画刊》创刊

号（1934年10月）发表的《梅兰芳到苏联去》一文中说："我以为他（按指梅兰芳）最先的急务，是应当找几位戏剧意识检讨专家来帮忙，或竟成立一个脚本改编委员会。这些工作，恐怕像齐如山先生他们未必能够胜任"。

〔5〕 1934年9月8日《大晚报·剪影》载犁然的《在梅兰芳马连良程继先叶盛兰的欢宴席上》一文中，记录梅兰芳谈话说："中国旧戏原纯是象征派的，跟写实的话剧不同"。

〔6〕 这些都是对杜衡等人的讽刺，参看本书《化名新法》。"戏剧年鉴"是影射杜衡、施蛰存合编的1932年《中国文艺年鉴》。

〔7〕 "再亮些" 杜衡著有长篇小说《再亮些》，载1934年《现代》月刊第五卷第一期至第五期和第六卷第一期（未刊完，出单行本时改题为《叛徒》）。篇首《题解》引用歌德临终时的话："再亮些，再亮些！"

〔8〕 这里也是对杜衡的讽刺。杜衡曾于1932年说左翼批评家"蛮横"，使他们不得不"永远地沉默，长期地搁笔"。参看《南腔北调集·论"第三种人"》。

骂杀与捧杀[1]

阿法

现在有些不满于文学批评的,总说近几年的所谓批评,不外乎捧与骂。

其实所谓捧与骂者,不过是将称赞与攻击,换了两个不好看的字眼。指英雄为英雄,说娼妇是娼妇,表面上虽像捧与骂,实则说得刚刚合式,不能责备批评家的。批评家的错处,是在乱骂与乱捧,例如说英雄是娼妇,举娼妇为英雄。

批评的失了威力,由于"乱",甚而至于"乱"到和事实相反,这底细一被大家看出,那效果有时也就相反了。所以现在被骂杀的少,被捧杀的却多。

人古而事近的,就是袁中郎。这一班明末的作家,在文学史上,是自有他们的价值和地位的。而不幸被一群学者们捧了出来,颂扬,标点,印刷,"色借,日月借,烛借,青黄借,眼色无常。声借,钟鼓借,枯竹窍借……"[2]"借"得他一榻胡涂,正如在中郎脸上,画上花脸,却指给大家看,啧啧赞叹道:"看哪,这多么'性灵'呀!"对于中郎的本质,自然是并无关系的,但在未经别人将花脸洗清之前,这"中郎"总不免招人好笑,大触其霉头。

人近而事古的,我记起了泰戈尔[3]。他到中国来了,开坛讲演，人给他摆出一张琴，烧上一炉香，左有林长民[4]，右有徐志摩[5]，各各头戴印度帽。徐诗人开始绍介了："唵！叽哩咕噜，白云清风，银罄……当！"说得他好像活神仙一样，于是我们的地上的青年们失望，离开了。神仙和凡人，怎能不离开呢？但我今年看见他论苏联的文章，自己声明道："我是一个英国治下的印度人。"他自己知道得明明白白。大约他到中国来的时候，决不至于还胡涂，如果我们的诗人诸公不将他制成一个活神仙，青年们对于他是不至于如此隔膜的。现在可是老大的晦气。

以学者或诗人的招牌，来批评或介绍一个作者，开初是很能够蒙混旁人的，但待到旁人看清了这作者的真相的时候，却只剩了他自己的不诚恳，或学识的不够了。然而如果没有旁人来指明真相呢，这作家就从此被捧杀，不知道要多少年后才翻身。

十一月十九日。

* * *

〔1〕 本篇最初发表于1934年11月23日《中华日报·动向》。

〔2〕 当时刘大杰标点、林语堂校阅的《袁中郎全集》断句错误甚多。这里的引文是该书《广庄·齐物论》中的一段。鲁迅后来在自存初版《花边文学》书上，此处用笔添了一段话："后由曹聚仁先生指出，谓应标点为'色借日月，借烛，借青黄，借眼；色无常。声借钟鼓，借枯竹窍，借……'所以再板上也许不再看见此等'语妙'了。"曹聚仁曾在1934年11月13日《中华日报·动向》发表《标点三不朽》一文，指出刘大杰标

点本的这个错误。

〔3〕 泰戈尔（R. Tagore，1861—1941） 印度诗人。著有《新月集》、《园丁集》、《飞鸟集》等。1924年到中国旅行。1930年访问苏联，作有《俄罗斯书简》(1931年出版)，其中说过自己是"英国的臣民"的话。

〔4〕 林长民（1876—1925） 福建闽侯人，早年留学日本，曾任北洋政府司法部总长、福建大学校长等职。

〔5〕 徐志摩（1897—1931） 浙江海宁人，诗人，新月社主要成员。著有《志摩的诗》、《猛虎集》等。泰戈尔来华时他担任翻译。

读　书　忌[1]

焉　于

记得中国的医书中,常常记载着"食忌",就是说,某两种食物同食,是于人有害,或者足以杀人的,例如葱与蜜,蟹与柿子,落花生与王瓜之类。但是否真实,却无从知道,因为我从未听见有人实验过。

读书也有"忌",不过与"食忌"稍不同。这就是某一类书决不能和某一类书同看,否则两者中之一必被克杀,或者至少使读者反而发生愤怒。例如现在正在盛行提倡的明人小品,有些篇的确是空灵的。枕边厕上,车里舟中,这真是一种极好的消遣品。然而先要读者的心里空空洞洞,混混茫茫。假如曾经看过《明季稗史》,《痛史》[2],或者明末遗民的著作,那结果可就不同了,这两者一定要打起仗来,非打杀其一不止。我自以为因此很了解了那些憎恶明人小品的论者的心情。

这几天偶然看见一部屈大均[3]的《翁山文外》,其中有一篇戊申(即清康熙七年)八月做的《自代北[4]入京记》。他的文笔,岂在中郎之下呢?可是很有些地方是极有重量的,抄几句在这里——

"……沿河行,或渡或否。往往见西夷毡帐,高低不一,所谓穹庐连属,如冈如阜者。男妇皆蒙古语;有卖干湿酪者,羊马者,牦皮者,卧两骆驼中者,坐奚车者,不鞍而骑者,三两而行,被戒衣,或红或黄,持小铁轮,念《金刚秽咒》者。其首顶一柳筐,以盛马粪及木炭者,则皆中华女子。皆盘头跣足,垢面,反被毛袄。人与牛羊相枕藉,腥臊之气,百余里不绝。……"

我想,如果看过这样的文章,想像过这样的情景,又没有完全忘记,那么,虽是中郎的《广庄》或《瓶史》[5],也断不能洗清积愤的,而且还要增加愤怒。因为这实在比中郎时代的他们互相标榜还要坏,他们还没有经历过扬州十日,嘉定三屠!

明人小品,好的;语录体也不坏,但我看《明季稗史》之类和明末遗民的作品却实在还要好,现在也正到了标点,翻印的时候了:给大家来清醒一下。

十一月二十五日。

* * *

〔1〕 本篇最初发表于1934年11月29日《中华日报·动向》。

〔2〕《明季稗史》 即《明季稗史汇编》,清代留云居士辑,共二十七卷,汇刊稗史十六种,所记都是明末遗事,如顾炎武《圣安皇帝本纪》,记福王弘光朝事;黄宗羲《赐姓始末》,记郑成功收复台湾事;王秀楚《扬州十日记》、朱子素《嘉定屠城记略》,记清兵杀戮的残酷。《痛史》,乐天居士编,共三集,汇印明末清初野史二十余种,总题为《痛史》。民国初年上海商务印书馆出版。

〔3〕 屈大均(1630—1696) 字翁山,广东番禺人,文学家。清

兵入广州前后,曾参加抗清活动,失败后剃发为僧,名今种。后又回俗,北游关中、山西。著有《翁山文外》、《翁山诗外》、《广东新语》等。清雍正、乾隆间,他的著作都遭禁毁,直至1910年(宣统二年),上海国学扶轮社才翻印《翁山文外》十六卷、《翁山诗外》十九卷。

〔4〕 代北　古地区名,指现在的山西省北部、河北省西北部一带。代,地名,秦以前为代国,汉、晋时为代郡,隋、唐以后置代州(治今山西代县)。

〔5〕《广庄》　袁中郎模仿《庄子》文体谈道家思想的著作,共七篇。《瓶史》,袁中郎研究花瓶与插花的小品,共十二章。这两种都收入《袁中郎全集》。